ANNE-MARIE CHAPOUTON

L'année du Mistouflon

ILLUSTRATIONS DE GÉRARD FRANQUIN

Castor Poche

Une présente édition de ce titre a paru en 1982
dans la collection « Castor Poche ».

87, quai Panhard-et-Levassor - 75647 Paris Cedex 13
ISBN : 978-2-0812-4712-3

Chapitre 1

— **A**u secours ! au secours ! maman !

— Macati de macaton, dit César le forgeron en passant la tête par la fenêtre de sa forge. Qui crie comme ça ?

— Ils ont capturé un mistouflon à cornes, répond un enfant en descendant la rue à toute vitesse.

— Un mistouflon à cornes ? Qu'est-ce qu'ils auront encore inventé ? dit César.

On entend des rires, des cris, un tintamarre à réveiller tout Lourmarin. Ce sont les chasseurs qui rentrent et ils amènent avec eux un drôle d'animal tout ligoté comme un rôti, pendu par les pattes à un long bâton.

— Oh ! qu'est-ce que c'est que cette drôle de chose ? demande Loulou qui s'est lui aussi mis à la fenêtre de la forge.

Il y a tellement de bruit que personne n'entend sa question. La petite troupe déjà entourée de badauds descend sur la place et s'arrête devant le bureau de tabac. Les gens arrivent de tous côtés, en se demandant ce que les chasseurs ont bien pu ramener de si extraordinaire.

— Attention, dit un des chasseurs, ne vous approchez pas trop. C'est peut-être très méchant.

On a décroché l'animal de son bâton, mais il est encore tout ficelé et il se roule par terre. Il faut dire qu'il est bizarre : il a six grosses pattes à poils frisés d'un joli bleu ciel, un ventre rebondi, une queue qui se tortille et une tête grosse comme la courge que Firmin a vendue

La forge

hier. Il ne faut pas oublier les deux belles cornes jaunes qui tournent en rond de chaque côté de son mufle comme celles d'un bélier.

— Et comment pouvez-vous savoir que c'est un mistouflon à cornes ? demande une dame qui sort de chez Jeanne-Marie, et qui a plein de bigoudis sur la tête.

— Eh bien ! parce qu'il a des cornes, bien sûr ! répond un chasseur.

— On l'aurait deviné, dit M. Savel. Mais comment savez-vous que cet animal s'appelle un « mistouflon » ?

— Hé ! c'est simple, répond le chasseur. C'est ce qu'il a crié quand on l'a attrapé.

— Vous n'allez quand même pas nous faire croire que cet animal parle ! dit M. Sarnette, qui vient d'arriver.

À ce moment, le gros paquet ficelé aux jolis poils frisottés bleus commence à en avoir assez. Il ouvre sa gueule, crache un jet de salive noire comme de la réglisse et on entend :

— MISTOUFLON ! MISTOUFLON ! AHOU AHOU AHOUAHHH !

Il ne reste plus personne sur la place, car le mistouflon a crié si fort que les gens se sont enfuis à toute vitesse. Cependant, M. Sarnette revient avec précaution sur la pointe des pieds et les rappelle :

— Allons ! Vous pouvez revenir. N'ayez pas peur : voyez comme cette bête est ficelée. Elle ne risque pas de vous manger.

Les gens reviennent petit à petit car leur curiosité est trop forte. Un des chasseurs défait un peu les liens trop serrés de la pauvre bête, qui pousse un soupir de soulagement.

— Et que va-t-on faire de cette... cette chose ? demande M. Suquet.

— Il va falloir en discuter, dit un des chasseurs.

— Il faudrait lui fabriquer une cage en attendant, dit Chantal Davin.

Malheureusement, personne à Lourmarin ne possède de cage à mistouflon à cornes (ou même de cage à mistouflon sans cornes). Même pas Mme Duret. Enfin, Roger l'inventeur trouve la solution : on mettra le mistouflon dans la cour de l'école pour la nuit. Et demain matin, on décidera du sort de l'animal.

— Mais vous n'allez pas laisser ce mistou-machin sans manger ! s'écrie Mme Chauvin.

Elle revient avec un bout de côtelette. Le mistouflon renifle la viande et tourne la tête d'un air indifférent.

— Il est bien difficile, cet animal, dit Mme Chauvin.

On a alors apporté des tas de choses au mistouflon pour qu'il les mange. On lui a donné des petits-suisses de Casino et il les a crachés ; des haricots verts de chez Firmin et il ne les a pas touchés ; des lentilles de chez Mme Pézières et des pois chiches de Félicie. Mais rien n'y fit : le mistouflon ne voulait pas manger.

— Tant pis, on verra demain, dit M. Barret, qui pourtant lui avait offert du pain frais et un bout de pizza.

Alors, on amena le mistouflon dans la cour de l'école. Le garde l'attacha au mûrier avec une longue corde. Puis il s'en alla très vite, de peur de recevoir un coup de corne quelque part.

C'est une douce nuit d'automne. Pas d'autre bruit que le chant des grillons ou l'aboiement d'un chien au loin dans la campagne. Les gens qui ont travaillé aux raisins tout le jour sont bien fatigués et dorment profondément.

Les autres sont moins fatigués peut-être, mais ils dorment tout autant.

Soudain un grognement terrible se fait entendre :

— RON RON REU REU RON RON BOUF BOF ZUT !

C'est l'animal du Luberon qui fait des cauchemars dans la cour de l'école.

— Mais on dirait vraiment que cette bête parle ! dit Mme Perraud, qui a passé la tête à la fenêtre.

Elle n'est pas contente parce que le mistouflon a réveillé Nanou et Nicolas.

— Si tu continues, lui crie-t-elle, je te balance les pantoufles de Pierre sur la tête ! Tu vas voir !

— RON RON RON CROTT CROTT ! fait le mistouflon.

Paf ! Paf ! ce sont les pantoufles.

Chez Mme Pellenc, on est réveillés aussi.

— BA BE BI BO BU CROTI CROTA ! continue l'animal.

Quel vacarme ! Roger finit par inventer un système qui envoie de l'eau sur le mistouflon chaque fois qu'il pousse un grognement.

Enfin l'animal se tait et finit par s'endormir. Il pose sa grosse tête sur ses deux pattes de devant et ferme les yeux. De ses naseaux, il sort de petits nuages bleus tout à fait charmants. Mais cela, personne ne le voit, car à présent, au village, tout le monde dort.

Le lendemain matin, il y a foule sur la place. Tout le monde discute. ET PATATI ET PATATA ET RADADI ET RADADA...

— On ne pourrait pas le garder cet animal ?

— Est-il vraiment méchant ?

— Faut-il le ramener dans le Luberon ?

Quant à Mme Perraud, elle répète :

— Faites-en ce que vous voulez, mais je ne veux plus de cet animal la nuit dans la cour de l'école. J'ai horreur des insomnies !

Et Nathalie raconte à tout le monde que sa maman a lancé des pantoufles sur le mistouflon pour le faire taire.

— Et alors ? Qu'est-ce qu'il a fait après, le mistouflon ?

— Eh bien ! répond Nathalie, il les a enfilées. Mais comme il a six pieds, il lui en faudra encore quatre !

Enfin, voici M. Meynard qu'on a envoyé chercher pour lui demander conseil. M. Meynard connaît toute l'histoire du village, ses mystères et ses secrets. Il a peut-être déjà entendu parler de cet animal étrange. Hélas ! non.

— De mon temps, explique-t-il, il y avait bien un petit sanglier apprivoisé dans le village. Mais point de mistouflon apprivoisé ou non.

Pendant que M. Meynard parle, on a amené le mistouflon au bout d'une laisse. C'est Max qui le tient. M. Sarnette est à côté de lui avec un bâton parce qu'on ne sait jamais ce qu'un mistouflon peut faire s'il se met en colère.

Les gens se reculent un peu, prêts à s'enfuir au moindre mouvement de l'animal. Mais non : le mistouflon a l'air tranquille. Il baisse seulement la tête et se met à lécher quelque chose par terre de sa grande langue verte à pois roses.

— Macati de macaton ! s'écrie Dédé Lajon, le voilà qui mange des mégots.

En effet, le mistouflon semble se régaler avec quelques vieux bouts de cigarettes.

Alors, cet animal se nourrit de tabac !

Et Jimmy, qui passait par là, fit une chanson comme ça :

Un mistouflon
du Luberon
ça ne mange pas
de melons
ni de croûtons
ni de bouts de carton.
Un mistouflon
du Luberon
ha, ha, ha !
macati de macata,
ça mange du TABAC.

Alors, on vit entrer chez M. Suquet des gens, des gens et encore des gens. Ils achetaient des cigarettes pour le mistouflon. Ils lui en donnaient tous, et ce fut un miracle si le mistouflon ne souffrit pas ce jour-là d'une grosse indigestion de tabac.

— Et que boit-il, cet animal ? demande Mme Fauque.

Ma foi ! personne ne le sait. À tout hasard, Roger Alamèle va lui chercher un seau d'eau à la fontaine. Le mistouflon va-t-il boire l'eau ? On le voit qui la hume, hésite, la boit enfin lentement et puis... la recrache par les oreilles. Mme Soulier, Mme Savel et M. Barbier sont tout aspergés.

— Ce serait pratique pour arroser les melons en été, dit un enfant.

— Mais comment a-t-il fait pour cracher de l'eau par les oreilles ? dit Mireille Imbalzano, étonnée.

Max examine de près la tête du mistouflon et s'aperçoit qu'il a deux petits trous à côté des cornes.

— Je suppose qu'il n'aime pas l'eau. Quand une boisson ne lui plaît pas, il se transforme en arrosoir, dit-il.

— Espèce de nigaud ! dit alors Mme Soulier, qui s'essuie avec son mouchoir, tu ne peux pas nous dire ce que tu veux boire ? Ce serait plus simple.

Alors, ô stupeur, le mistouflon ouvre la gueule et dit :

— J'attendais qu'on me le demande. Je suis poli.

LE MISTOUFLON PARLE ! VRAIMENT C'EST EXTRAORDINAIRE !!! Tout le monde fait de grands O O O O avec sa bouche. Quant au mistouflon, il prend un air inspiré et dit encore :

— Je veux boire de la Picole.

— De la QUOI ?

— De la Picole. PICOLE ! Que vous êtes donc ignorants dans ce village !

— J'en fais pourtant des recettes à la cantine, dit Mme Chauvin, mais c'est bien la première fois que j'entends parler de la Picole.

— Très bien, répond le mistouflon. Je vais vous en donner la composition.

PRENEZ :

Une cuillère à café de sirop de menthe,

trois gouttes (pas plus) de sirop de fraise,
un grain de café pilé (très fin),
un peu de sel,
une pincée de poivre,
et trois brins de thym hachés
menu, menu, menu,
pour bien digérer.
Ajouter de l'eau en grande quantité.

— Et puis quoi encore ? dit Eliane Davin. Tu m'as l'air d'un drôle d'enfant gâté.

— Je ne suis pas un enfant, mais un mistouflon, répond ce coquin d'animal. Et si vous ne me donnez pas ma boisson préférée, je cracherai tout par les oreilles. Na !

— On pourrait l'emmener à Cadenet et en faire un pompier, dit alors M. Colletin.

— NON, NON, NON !!

Ce sont les enfants qui crient.

— ON VEUT GARDER LE MISTOUFLON !

Nous lui donnerons des bonbons.

Nous l'aimerons.

Nous le peignerons le matin.
Nous lui mettrons des rubans.
Nous lui astiquerons les cornes
et nous lui brosserons la queue.
Et quand il aura soif, nous lui ferons de la Picole
tant qu'il en voudra.
Voilà !

— Par mes cornichettes de mistouflon, s'écrie alors le mistouflon ému, ces enfants sont charmants, et je suis d'accord.

— Allons, dit M. Barthélémy, qui jusqu'ici n'a rien dit, tous au foyer rural pour un rassemblement général. Nous voterons et nous verrons bien ce qu'il faut faire de ce mistouflon : le garder et le nourrir ou le renvoyer, sans lui faire de mal, dans son Luberon natal.

Les enfants et le mistouflon ne sont pas admis dans le foyer. Ils restent dehors et écoutent les gens qui discutent. Les fenêtres sont ouvertes, et on entend très bien ce qu'ils disent.

— C'est trop compliqué de le garder, dit une voix.

— Envoyons-le au zoo de Marseille, crie une autre.

— Voyons, répond la voix de M. Perraud, que les enfants reconnaissent, le zoo, c'est la prison pour un mistouflon qui vient des montagnes. Et puis l'air de la ville, ce n'est pas bon pour les poumons.

— Alors, gardons-le et construisons-lui une maison, dit Bernard Chapouton.

— Une maison ? répond une autre voix, mais vous avez perdu la raison. Vous avez pris trop de soleil sur la tête et vous racontez des bêtises grosses comme des pastèques !

— Quelle bonne idée ! s'écrie alors le mistouflon en passant la tête par la fenêtre. Je serais enchanté de me faire bâtir une maison dans ce village. Une maison avec de jolis murs tout doux, une mangeoire remplie de tabac, un seau de Picole et un lit en plumes de coufala...

— Il est fou, cet animal, disent plusieurs voix.

— Et d'abord, qu'est-ce que c'est qu'un coufala ? demande Raymond Chauvin en s'approchant de la fenêtre.

— Nous n'en avons jamais vu, disent les chasseurs en chœur.

— Hé ! hé ! pas si bête, dit le mistouflon ironiquement en crachant maintenant des nuages verts par les naseaux. Le coufala est un oiseau qui ne se laisse jamais attraper. Il y en a quatre cent quarante-six dans le Luberon. Ce sont mes amis et ils me donneront volontiers quelques plumes de leur poitrail si je le leur demande gentiment.

— Mon Dieu ! Que cet animal est bavard ! s'écrie M. Huriot en poussant un gros soupir.

À ce moment, le mistouflon en a assez. Il saute par la fenêtre à l'intérieur de la pièce et monte sur la scène.

— Tout cela est de votre faute. Vous n'aviez qu'à me laisser tranquille là où j'étais. Je dormais bien au chaud dans l'odeur du serpolet, je me faisais griller les poils du menton dans le soleil d'automne. Et vous êtes venus me tirer de mon sommeil sans me demander mon avis !

— Nous aurions dû le tuer, dit alors un chasseur.

— SCANDALE ! crie alors le mistouflon en tapant de ses six sabots sur la scène. Savez-vous ce qu'on fait a un chasseur coupable d'avoir tué un animal de mon espèce ?

— Ma foi, non... avoue le chasseur.

— Eh bien ! voici :

On lui tire les oreilles,
on lui chatouille les orteils,
on lui fait manger des abeilles,
on lui met de la mayonnaise
dans les yeux,
du yaourt dans les cheveux...

— Suffit comme ça, dit le chasseur, j'ai compris. Je n'ai pas besoin d'entendre la suite.

— Allons, finissons-en, dit alors M. Després. Que faisons-nous de cet animal ?

Alors, Jean-Claude Giampaoli se lève et propose :

— Qui veut construire la maison du mistouflon avec les parents d'élèves ?

— Moi ! dit Eugène Vial.

— Je vous donnerai un coup de main, dit Paul Davin.

ET MOI ET MOI ET MOI !

— Voilà qui est réglé ! dit M. Barthélémy, satisfait. C'est presque l'unanimité. Mistouflon ! ajouta-t-il en se tournant vers l'animal, nous te gardons.

— Mille mercis ! répond celui-ci en sautant par la fenêtre rejoindre les enfants.

Et voilà comment on décida d'adopter au village le seul animal au monde doué de la parole, qui boive de la Picole et mange du tabac.

On a mis du temps à choisir l'emplacement de la maison du mistouflon. Au bout d'une

Entrée dans Lourmarin par la route d'Apt

semaine, la décision est prise : on construira la maison dans un coin de la prairie où paissent les vaches, bien à l'abri du rideau de peupliers. Lorsque les enfants sortent de l'école, ils vont vite donner un coup de main sur le chantier.

— Attention, tu m'éclabousses avec du plâtre !

— Papa ! je suis tombé dans le seau de ciment !

— Attention ! voilà les briques qui s'écroulent !

— Au secours ! GLOUP ! Le seau de peinture GLOUP ! m'est tombé GLOUP ! sur la tête GLOUP !

Mais les enfants s'amusent beaucoup, même si les parents ne sont pas très contents.

Enfin, la maison est terminée. Elle ressemble à un pigeonnier en raccourci.

Ce soir, la lune brille toute claire dans la nuit. Quand elle est grosse comme ça, Louis Bernard dit que c'est parce qu'elle a trop mangé de soupe au pistou. Mais aujourd'hui, elle s'est faite toute belle en l'honneur du mistouflon, qui fait de beaux rêves sur son lit en plumes de coufala. En ruminant quelques brins de tabac de son repas, il soupire doucement, si doucement qu'on croirait entendre le violon de M. Pellas. Et c'est une musique bien douce à l'oreille qui berce ce soir les Lourmarinois.

Quelques jours plus tard, on vit arriver M. Bouboule avec son appareil photo, son calepin et son stylo.

— Il paraît que vous avez trouvé une bête fantastique dans le Luberon, dit-il en sortant de son auto. Vite, vite, montrez-la-moi que je la prenne en photo. Il faut en parler dans les journaux !

M. Bouboule prit douze photos du mistouflon, qui était ravi. Il mettait une patte sur son cœur, montrait son profil gauche, baissait les cils : il posait comme un véritable acteur.

Après le départ de M. Bouboule, on attendit avec impatience la sortie du journal. Enfin, une semaine plus tard, en première page, il y avait une photo très ressemblante de l'animal. Quant à l'article qui l'accompagnait, il disait ceci :

L'ANIMAL FABULEUX
DE LOURMARIN

On a trouvé récemment au village de Lourmarin un étrange animal d'une espèce fort rare et pour tout dire inconnue : le « matouflon ». La bête s'était égarée dans la prairie devant l'école et s'était construit une hutte pour y passer la nuit. Elle a été apprivoisée sans trop de peine par les vaillants Lourmarinois, qui ont entrepris la difficile tâche de lui apprendre le provençal. Bon courage aux villageois dans leur louable effort et longue vie au « mataflon ».

— Eh bien ! dit le mistouflon, à qui l'on venait de lire l'article, ils en ont de l'imagination ces journaux !

Hélas ! l'animal ne se doutait pas de tous les ennuis qu'allait lui apporter la célébrité.

En effet, un matin, il arriva une lettre à la mairie, une lettre avec des bandes tricolores venant du ministère de la Protection des animaux sauvages et domestiqués. Ah ! mes amis, quelle lettre !

Monsieur le Maire,

Vous auriez dû nous signaler la présence dans votre village d'un animal inconnu. Dans l'intérêt de la science, il faut le transporter au zoo ZINZIN de la région parisienne. M. Plouffe, son directeur, sera mardi dans votre localité. Il aura avec lui un camion-cage et sera accompagné d'un infirmier muni d'une sarbacane à fléchettes de somnifère, d'une muselière et de solides chaînes.

Félicitations pour cette superbe capture – que vous n'auriez pas dû nous cacher.

Veuillez croire à nos sentiments admiratifs.

— Oh ! dit M. Barthélemy, indigné, mais cette bête est la propriété du village.

— Et le zoo Zinzin de la région parisienne, on s'en moque, dit M. Huriot.

— Allons, ajouta le maire en soupirant, que le Garde aille lire la lettre avec le haut-parleur afin d'avertir la population.

Quand M. Sarnette eut annoncé la mauvaise nouvelle, les gens fort mécontents se mirent à discuter.

— Qu'ils essaient un peu de nous le prendre ! dit Bébert Davin, ils verront ce que je peux faire quand je me mets en colère.

— On dégonflera les pneus du camion-cage pour qu'il ne puisse pas repartir, dit Maryse Davin, qui arrivait en courant.

— Quant au directeur, on l'endormira avec ses fléchettes, dit Roselyne Giampaoli.

— On lui mettra une muselière, à son infirmier à la noix, dit Gérard.

— Moi, dit M. Grosso, je peux barrer la route avec toutes mes bûches.

— Et avec le tracteur aussi, dit M. Mollar.

— Et avec mon camion de boucher, dit M. Taillard.

— Mes pauvres amis, dit alors M. Greulier, tout cela n'est pas légal, et vous ne ferez que vous attirer des ennuis. Un directeur, ça se venge quand on ne le respecte pas.

— Ho ! qu'on commence par respecter notre mistouflon, et on verra ensuite, dit Eliane, qui passait.

Eliane aimait tout particulièrement le mistouflon. Elle lui apprenait les bonnes manières chaque fois qu'elle en avait l'occasion et s'était prise d'amitié pour son gros élève frisé.

— Ce qu'il faut employer avec un bonhomme comme ça, reprit M. Greulier, ce n'est pas la violence.

— Et quoi donc, alors ? demanda Violette Morello.

— C'est tout simple, répondit M. Greulier. Il faut employer la RUSE.

— C'est une bonne idée, dit M. Huriot. Nous allons créer une Commission secrète pour la sauvegarde du mistouflon. Réunion ce soir à la mairie. Tout le monde peut venir : nous avons besoin de trouver très vite une solution.

Et le mistouflon dans toute cette histoire, que devenait-il ? Le pauvre... à l'idée d'être mis en cage, avec des fléchettes à somnifère dans ses cuisses grassouillettes ou entre ses côtelettes rebondies, à l'idée d'être muselé, d'être enchaîné, il en perdait l'appétit. Son poil était devenu terne et chaque fois que quelqu'un s'approchait, il sursautait et crachait de petits nuages verts par les naseaux. Pauvre mistouflon !

Compte rendu SECRET
de la Commission SECRÈTE
pour la sauvegarde du mistouflon.

En présence de monsieur le Maire et de ses conseillers municipaux, ainsi que des princi-

paux représentants des associations et sociétés lourmarinoises, il a été décidé que :

1) M. Plouffe et son infirmier seraient accueillis avec courtoisie par la population.

2) Un repas froid sera servi mardi à midi au foyer en leur honneur.

3) Toute personne questionnée au sujet du mistouflon fera semblant de ne pas savoir de quoi il s'agit : donc, fera l'IDIOT.

4) Le mistouflon se cachera pendant le séjour des visiteurs.

5) Cachette recommandée pour l'animal : Le Schneck *(avec l'accord du club des jeunes).*

Tout cela était parfait. Mais on avait oublié un détail : L'IMPRÉVU...

Lundi après-midi, alors que personne ne s'y attendait, le directeur du zoo et son infirmier arrivèrent dans leur 178 CV noire à laquelle était accroché le camion-cage.

Le directeur ne s'était pas arrêté en route comme prévu, voulant faire une surprise aux Lourmarinois. Drôle de mauvaise surprise !

Chapitre 2

De bouche à oreille, la nouvelle parcourut tout Lourmarin.

— Le directeur du zoo est là ! Que le mistouflon se cache en vitesse !

M. Baumas sauta dans son auto et alla le dire à Mme Hisiger, qui laissa tomber le kilo de bananes qu'elle était en train de peser et courut vite, vite, prévenir M. Roques. M. Roques courut, courut, rencontra Mme Tonelli et la mit au courant du drame. Et Mme Tonelli prévint ainsi le mistouflon, qui était justement en train de faire sa sieste.

Sur le toit de la 178 CV noire, il y avait un haut-parleur qui diffusait l'hymne zoologique à plein volume. Cela cassait les oreilles à tout le monde. Mais les gens souriaient poliment en regardant passer l'auto. Ils avaient promis d'accueillir ces messieurs avec courtoisie.

Mme Perrotet arrivait dans sa charrette tirée par son âne. Elle eut une excellente idée : elle cria : « HUE ! Charlot ! » Et Charlot, obéissant, tira la charrette bien en travers de la rue et y resta. Voilà la grosse auto coincée.

César et Loulou, de la fenêtre de la forge, suivaient toute la scène en se demandant si le mistouflon avait été prévenu et s'il était parti à temps dans sa cachette.

« POUETT ! POUETT ! » faisait l'auto.

« C'est nous les animaux du zoo », braillait le haut-parleur.

« HI-HAN ! HI-HAN ! », faisait Charlot, qui n'appréciait pas ce chant.

C'était un épouvantable concert. M. Savel s'avança vers la voiture, salua ses occupants et

Le café de l'Ormeau

leur suggéra de s'arrêter de klaxonner car cela n'avançait à rien. Puis il leur proposa de venir se rafraîchir un instant au café. Mais le directeur était très énervé.

— Indiquez-moi donc où se trouve la hutte du mistouflon. Nous voulons nous saisir de cet animal tout de suite. Après, nous boirons volontiers un jus de courge à la cannelle. Mais le travail passe en premier !

— Moi, dit l'infirmier, je prendrais plutôt deux doigts de liqueur de cactus : je ne supporte pas la courge à la cannelle, ça me donne des chatouilles à l'estomac.

— Taisez-vous, Eusèbe, coupa sèchement le directeur. Vous boirez ce que l'on vous donnera. Allons ! faites quelque chose pour que cet imbécile d'âne dégage la rue.

Pendant ce temps, le mistouflon, affolé, essayait de se souvenir de l'endroit où il devaitse cacher, mais en vain : il avait un trou de mémoire. Alors, il s'enfuit en galopant comme un fou dans la rue du Temple. Il passa devant *Le Schneck* sans même s'en rendre compte, arriva sur la place et s'arrêta tout étourdi, ne sachant quelle direction prendre. Heureusement, M. Chauvin, qui sortait de sa boucherie, fit signe à l'animal.

— Allons, viens, grosse bête, cache-toi chez moi en attendant.

Il le fit entrer dans son magasin.

— Mais où allons-nous le mettre ? dit-il.

— On n'a qu'à le faire entrer dans le grand réfrigérateur, dit Mme Chauvin.

Elle ouvrit la porte au mistouflon et le couvrit de son châle.

— Allons ! lui dit-elle, tu n'y resteras pas longtemps. Dès que ce directeur sera un peu plus loin, on te conduira au *Schneck*. D'ailleurs, c'est là que tu aurais dû aller, espèce d'étourdi !

CLAC ! La porte se referma et le mistouflon contempla en frissonnant les grands quartiers de bœuf qui pendaient immobiles, presque menaçants.

Pendant ce temps, le directeur et l'infirmier continuaient à avoir bien des ennuis. L'âne avait fini par s'en aller, mais à présent quelque chose était coincé dans le démarreur de la voiture et il leur était impossible de partir. Ils finirent par accepter d'aller au café se rafraîchir.

Le pauvre infirmier n'eut pas le droit de boire ses deux doigts de liqueur de cactus car le directeur l'envoya se renseigner sur le mistouflon.

— Où voulez-vous que je prenne des renseignements ? demandait l'infirmier.

— Où tu voudras. Partout. Entre dans les magasins, interroge les passants, répondit M. Plouffe.

Puis il se tourna vers M. Savel.

— Comment se fait-il, cher monsieur, que vous n'ayez jamais entendu parler de cet animal. Ne lisez-vous pas les journaux ?

— Oh ! les journaux... heu... Tout cela doit être fort exagéré, répondit M. Savel.

L'infirmier s'éloigna. Il arrêta M. Després, qui passait par là avec son chien. Mais M. Després ne savait pas de quoi il parlait. Il entra dans la boulangerie, mais Mme Barret ouvrit de grands yeux quand il lui parla du mistouflon.

— Un mistouflon ? C'est une sorte de pain ? Nous avons des fendus, des têtes, des baguettes...

— Excusez-moi, au revoir, madame, dit l'infirmier.

Puis il traversa la rue et entra...

DANS LA BOUCHERIE !!!

— Vous désirez ? demanda Mme Chauvin.

— C'est... heu... le mistouflon. Pourriez-vous me dire...

— Ah ! Eh bien ! je crains de ne pas en avoir, monsieur. J'ai pourtant de belles saucisses, et du mouton bien frais qui vient d'arriver. Ou de la daube...

— Non, merci. C'est le mistouflon que je cherche.

— Écoutez, monsieur, c'est une viande qui ne se fait point dans ce pays.

À ce moment précis, on entendit un ATCHOUM ! étouffé derrière la porte du réfrigérateur.

— C'est... un réfrigérateur, là ?

— Bien sûr, cher monsieur, ce n'est pas un piano mécanique.

— Mais, j'ai entendu... éternuer là-dedans...

— Les côtelettes n'ont pas coutume d'éternuer dans ce village, cher monsieur. Ne vous inquiétez pas pour ce bruit : c'est mon mari qui découpe le bifteck.

— Ah... bon !

Et l'infirmier, confus, s'en alla.

Le pauvre homme fit tous les magasins de Lourmarin et faillit en perdre la raison.

Mme Duret voulut lui vendre des plumeaux « mistouflon ».

Chantal Davin lui dit qu'elle venait de vendre le dernier kilo de ce légume.

Mme Auber prit le fou rire et ne put même pas lui répondre.

Au garage Baumas, on lui demanda si c'était une pièce de rechange pour la 178 CV.

Alors, l'infirmier abandonna la partie et rentra bredouille au café. Il se disait qu'il allait se faire gronder par son patron mais que ce n'était vraiment pas de sa faute : les gens étaient bien bizarres dans ce village...

Vers 6 heures du soir on vit arriver M. Bouboule. Il descendit de sa voiture en se frottant les mains.

— Mes amis ! Quelle publicité pour le village ! Quel visiteur illustre vous allez héberger !

— Chut !!! lui dit-on de toutes parts.

Et on lui expliqua que cette fois-ci, il fallait garder le secret.

— Hélas ! soupirait-il, vous ne me facilitez guère le travail.

Mais il promit de tenir sa langue et de ne rien écrire sur son petit calepin de journaliste.

Enfin, M. Plouffe rencontra le maire et apprit, à son grand regret, qu'il n'y avait pas de mistouflon à Lourmarin et qu'il n'y en avait jamais eu. Tout cela était une pure invention des journaux. Pour qu'il se console, M. Barthélemy proposa à M. Plouffe d'aller manger un aïoli pour le souper à l'hôtel Ollier. Et comme le directeur était fort gourmand, cela le remit de bonne humeur.

Quand Mme Chauvin fit sortir le mistouflon du réfrigérateur, celui-ci tremblait de ses six pattes et claquait des dents. Il fallut lui faire une friction à l'eau de Cologne et lui faire boire de la Picole fumante pour qu'il pût enfin se réchauffer.

Quand il fut rétabli, on l'emmena sans faire de bruit en direction du *Schneck* pour qu'il y passe la nuit en sécurité. Pour l'instant, les rues n'étaient pas dangereuses puisque M. Plouffe et l'infirmier dînaient en joyeuse compagnie chez Ollier.

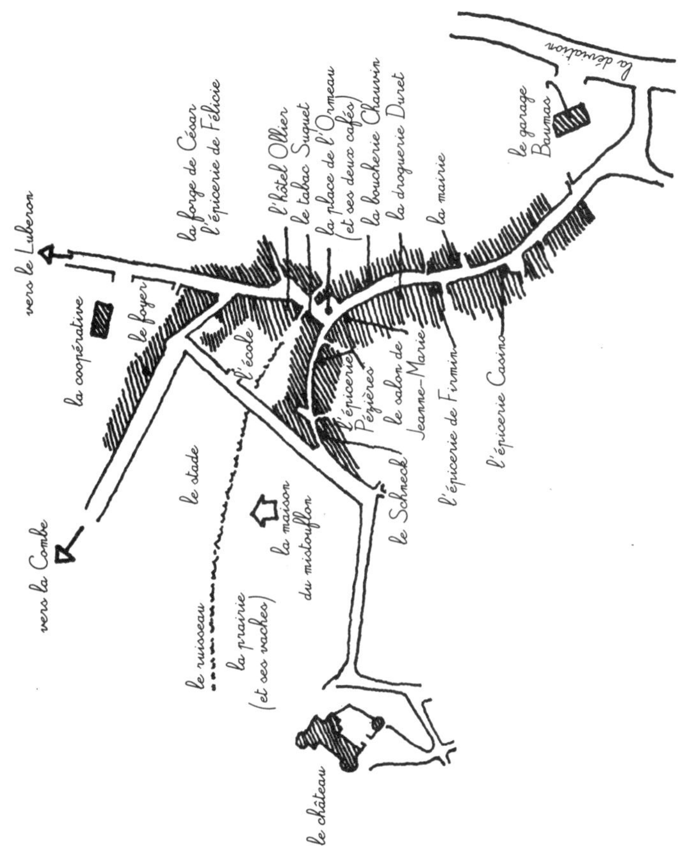
vers le Luberon
la coopérative
le foyer
la forge de César
l'épicerie de Félicie
l'hôtel Ollier
le tabac Suquet
la place de l'Ormeau
(et ses deux cafés)
la boucherie Chauvin
la droguerie Duret
la mairie
le garage
Baumas
la déviation
vers la Combe
le stade
l'école
le ruisseau
la prairie
(et ses vaches)
la maison
du mistouflon
l'épicerie
Pézières
le salon de
Jeanne-Marie
le Schneck
l'épicerie de Firmin
l'épicerie Casino
le château

Lourmarin

En arrivant au *Schneck*, le mistouflon fut très bien accueilli par les jeunes qui l'attendaient depuis un moment. L'animal était très étonné de se trouver dans ces caves sombres, et la fumée le faisait tousser.

— Que faites-vous là-dedans d'habitude ? leur demanda-t-il.

Alors les jeunes lui montrèrent les secrets des lieux : d'abord, la lumière. Une lumière extraordinaire qui tournait, disparaissait, revenait, changeait de couleur. Puis, la musique. Des airs extravagants qui vous donnaient envie de lever les sabots dans tous les sens en tortillant de la croupe. Enfin, les jeunes firent au mistouflon une démonstration de danse.

— FORMIDABLE ! s'écria celui-ci, absolument enthousiasmé. Attendez un peu. Montrez-moi comment il faut faire, je veux essayer !

Et le mistouflon apprit très vite la barbique, le moumoutou et le tord-genoux. Il était agile et avait beaucoup de rythme. Max augmenta le volume de la sonorisation, et bientôt ce fut une danse endiablée qui ne pouvait plus s'arrêter. Le bruit était tel qu'il s'entendait même de la rue.

Quant au directeur, il était en train de souhaiter bonne nuit à son infirmier qui allait se retirer dans sa chambre à l'hôtel. Mais il n'avait pas sommeil, ce charmant M. Plouffe, et il demanda au maire et à ses conseillers de bien vouloir lui faire visiter Lourmarin la nuit.

« Lourmarin *by night* », disait-il avec un très mauvais accent anglais. Il pensait que c'était très chic de dire des mots en anglais. Il disait ainsi « *after you* » au lieu de « après vous » quand il laissait passer une dame, et « *good night* » et encore d'autres mots bizarres. On aurait cru qu'il avait des haricots plein la bouche.

— Lourmarin *by night* ? dit M. Barthélemy, mais cher monsieur, il ne se passe rien d'extraordinaire la nuit dans notre petit village. Les gens ont travaillé toute la journée et, à présent, ils dorment.

— Faites-moi quand même voir vos petites rues dans la nuit. *I love* les petites rues *in the night...*

— Il ne peut pas parler comme tout le monde, ce bonhomme ? disait M. Huriot à l'oreille de M. Avon tandis que la petite troupe s'avançait dans la rue.

En fait, cela faisait du bien de se promener un peu dans l'air frais de la nuit. On avait beaucoup mangé d'aïoli et bu un bon petit vin blanc du Luberon, et la marche n'était pas mauvaise pour la digestion de tous ces messieurs.

Soudain, une musique se fit entendre un peu plus bas dans la rue.

— Qu'est ceci ? demanda M. Plouffe tandis qu'ils arrivaient devant la porte du *Schneck* d'où s'échappaient des sons de toutes sortes.

— Oh ! rien... *Le Schneck...* le club des jeunes. Ils dansent...

— Un dancing ! Oh ! *Wonderful* ! s'écria le directeur. J'adore danser.

Il s'arrêta, tendit l'oreille et, levant le doigt d'un air très important, il ajouta :

— Je parie que c'est cette nouvelle danse qui fait fureur. Je reconnais l'air. C'est le tord-genoux. Je veux ABSOLUMENT danser le tord-genoux. Peut-on entrer ?

— Oh ! je suppose que c'est chose facile, dit en soupirant M. Barthélemy, qui croyait que le mistouflon était encore à la boucherie.

Ils frappèrent, et Jack leur ouvrit.

— OHHH ! Monsieur Barth... et le Direc... le didididi-recteur !

Il y avait une fumée terrible dans *Le Schneck*, et on n'y voyait pas trop bien. C'est ce qui sauva le mistouflon. En effet, on arriva sans trop de difficulté à pousser M. Plouffe dans un coin sombre tandis que l'on faisait partir l'animal bien dissimulé par un groupe de danseurs.

Et c'est ainsi que le mistouflon se retrouva tout étourdi dans la rue.

— Trouve-toi donc une meilleure cachette et restes-y, lui dit-on.

Là-dessus, la porte claqua.

« Où irai-je ? » se disait le mistouflon.

Puis, il se décida brusquement et prit la direction du château.

« Un château, c'est vaste. Je trouverai bien un coin pour m'y cacher. Bien malin qui saura m'y trouver ! » se disait-il.

Ah ! si le mistouflon avait su que le directeur devait loger au château pendant la nuit, il serait vite parti chercher une cachette ailleurs. Mais voilà, on avait pris cette décision pendant qu'il était dans le réfrigérateur, et il ne pouvait pas deviner qu'en allant au château il se jetait dans la gueule du loup !

Devant le château, les lumières brillaient, et les grilles de l'entrée étaient largement ouvertes.

« On dirait que je suis attendu... », se disait le mistouflon avec naïveté.

Il y avait un gros chien attaché à une longue chaîne qui allait et venait sur la terrasse. Le mistouflon s'adressa à lui en langage d'animal.

Le château

— Salut, ô toi, frère à poils ! Je n'ai pas d'abri pour la nuit. Que me conseilles-tu ?

— Va donc voir un peu au premier étage. Il paraît que c'est très bien aménagé. Je n'ai jamais été autorisé à pénétrer à l'intérieur, mais j'ai entendu dire qu'il y avait de belles pièces.

— Merci. Je vais aller voir. Mais que fais-tu là, toi, en pleine nuit ?

— Je monte la garde, répondit le chien d'un ton lugubre. Ce n'est pas un métier très rigolo, mais les gens sont bons pour moi. Ils me nourrissent.

— Moi aussi, ils me nourrissent, dit le mistouflon, mais ils me laissent en liberté.

— Tu en as de la chance, soupira le chien.

— Je ne m'en étais pas rendu compte, répondit le mistouflon. Je réfléchirai à mon bonheur. Bonsoir, noble animal, et merci pour tes conseils.

— Bonne nuit, frère, répondit le chien.

Et le mistouflon entra dans le château. Il grimpa six à six (n'oublions pas qu'il avait six pattes…) les marches du joli petit escalier en forme d'escargot. Il était enchanté à l'idée de visiter un château, et son cœur battait d'impatience. Que de merveilles à admirer pour un mistouflon qui vient de son Luberon !

Il admira donc les meubles en marqueterie, se fit des grimaces dans les grandes glaces lisses et cela le fit rire tout seul. De joie, il esquissa quelques pas de tord-genoux sur le parquet luisant et, évidemment, se retrouva vite par terre.

— Par mes cornes de mistouflon ! s'écria-t-il, ce n'est pas pratique !

Puis il se calma et se dit qu'il fallait qu'il se trouvât quelque endroit confortable pour la nuit car il commençait à avoir sommeil.

Il se décida pour une superbe chambre très accueillante : un bon feu flambait dans la cheminée et le lit était fait. Sur une commode ancienne, il y avait trois coupes de porcelaine : l'une était remplie de nougats, la seconde de pralines et la troisième de calissons. Il y avait encore un grand verre de lait parfumé à la fleur d'oranger. MIAM MIAM MIAM...

« On se croirait dans un conte de fées, » se dit le mistouflon.

De sa longue langue verte à pois roses, il lapa le lait avec délices, se disant que c'était presque aussi bon que de la Picole. Il goûta les nougats, les pralines et les calissons. Ne sachant lesquels des trois étaient les meilleurs, il mangea le tout. Il se chauffa la toison un moment devant le feu, puis bâilla, BÂILLA et REBÂILLA. Alors, il décida de se coucher. Le lit était moelleux, les oreillers confortables. Fatigué par une journée épuisante, le mistouflon s'endormit ainsi dans les draps fins et parfumés.

La chambre que le mistouflon avait choisie comme ça, au hasard, était justement celle qu'on avait fait préparer pour le directeur du zoo Zinzin.

À présent, le mistouflon fait de beaux rêves dans le lit de celui qui le recherche depuis le matin. Quelle horrible coïncidence !

QUE VA-T-IL SE PASSER ???

QUE VA-T-IL ARRIVER ???

MALHEUR... STUPEUR... HORREUR...

POT DE BEURRE...

M. Plouffe rentre très fatigué de sa soirée. L'aïoli, le vin blanc et le tord-genoux l'ont achevé. Il ne tient presque pas sur ses jambes. Avec la fatigue viennent aussi les idées noires : il se souvient qu'il est venu à Lourmarin pour chercher le mistouflon et que le mistouflon n'existe pas. Et tandis qu'on l'accompagne jusque devant la porte de sa chambre, il pousse de gros soupirs.

— Bonsoir, monsieur le Directeur.

— Bonsoir, messieurs.

— Dormez bien, monsieur le Directeur.

— Merci, merci... Vous aussi.

— Heu... Nous avons déposé quelques douceurs sur la commode. Des spécialités provençales. Nous espérons que cela vous sera agréable au palais.

Le directeur remercie et ferme la porte. Il commence par se déshabiller. Il quitte son costume en tissu de lapin, sa chemise en soie de cochon, son tricot de corps en flanelle brodée par sa maman et son caleçon long tricoté par sa grand-mère. Enfin, il enlève ses souliers en peau d'éléphant et ses chaussettes à trous-trous. Et le voilà tout nu. Vite, vite, il enfile son pyjama à fleurettes et pose sur sa tête chauve un superbe bonnet de nuit à pompons roses (que sa femme lui avait fait au crochet avec beaucoup de soin). Soudain, il se souvient qu'on lui a parlé de spécialités de la région, et il s'approche de la commode.

— Tiens... tiens..., dit-il à mi-voix en examinant le verre vide, on dirait qu'il y avait quelque chose là-dedans...

Puis il contemple, un peu surpris, les trois coupes qui ne contiennent plus que quelques misérables petites miettes.

— Quelqu'un a bu dans mon verre... et quelqu'un a mangé dans mes coupes... Quel culot ! Décidément, je n'ai pas de chance et je suis bien malheureux.

En soupirant encore plus fort, le directeur se dirige vers le lit. Comme il n'y a rien à manger, il n'a plus besoin de ses dents maintenant. Alors, il met sa main dans sa bouche et ôte soigneusement son dentier. Puis il le pose sur la table de nuit. Les trente-deux dents firent

CLAC !

sur le marbre froid.

Alors, le directeur veut se mettre au lit.

AAAAAHHHHHHH !!!!

Au cri poussé par le directeur, le mistouflon sursaute dans son sommeil et ouvre les yeux. On ne sait pas lequel des deux a le plus PEUR de l'autre.

— HEU-HIS-HOU-HON ! hurle le directeur.

Ce qui voulait dire, bien sûr, « le mistouflon » car, sans ses dents, il n'arrivait pas à prononcer facilement les consonnes.

— Le DIRECTEUR DU ZOO ! crie le mistouflon.

Il ne l'avait jamais vu auparavant, mais un directeur de zoo, cela se reconnaît tout de suite quand on est un animal sauvage. Cela a une odeur tout à fait particulière et le mistouflon l'a tout de suite reniflée.

Le mistouflon ne tarde pas à réagir. Il saute du lit comme un fou tandis que le directeur se précipite sur la porte et l'ouvre pour aller chercher de l'aide. Le mistouflon en profite pour se sauver en le bousculant, après s'être emparé au passage du dentier sur la table de nuit.

— Hes hents ! hes hents ! crie le directeur en lui courant après.

Le château a de lourdes portes et de longs corridors, et personne n'entend la cavalcade de l'animal poursuivi par M. Plouffe tout cramoisi de rage. Ils montent des escaliers, redescendent, tournent autour des tables et des fauteuils. Au passage, quatre fauteuils Louis XIII, Louis XIV, XV et XVI sont renversés. Jamais, depuis le passage des gitans, le château n'a été aussi animé.

Enfin, ils arrivent sur une petite terrasse. Le mistouflon, plus agile que ce gros pataud de M. Plouffe, grimpe sur une sorte de plate-forme. Il tient le dentier dans sa gueule, ce qui fait un effet assez curieux.

— Je vous rendrai vos dents si vous êtes raisonnable, dit alors le mistouflon.

— HEU HOU IN ER IS HEU HEU HAN HER HEU HES HET… ! répond M. Plouffe (ce qui voulait dire bien sûr : « Je vous interdis de me manquer de respect »).

— Ça va, ça va ! crie l'animal. De toutes les façons, je ne comprends rien à votre charabia. On dirait que vous avez de la purée de pomme de terre dans la bouche.

— HEUUU !

Le directeur est si furieux que, de tout cramoisi qu'il est, il passe au violet.

Alors, le mistouflon change de ton.

— Cher monsieur Plouffe, écoutez-moi, dit-il d'un ton suave. Je ne suis pas le mistouflon.

— Hein ? (Ça c'était facile à dire sans dents.)

La mairie

— Mais oui, continue l'animal sur le même ton, voyez-vous, vous avez trop mangé, trop bu, trop dansé... et vous avez tout simplement ce que l'on nomme une hallucination.

— UHH HA HU HI HA HION ???

— Mais oui. Vous verrez que demain, quand vous vous réveillerez, tout cela ne sera plus qu'un mauvais rêve.

— HA HA HORS ! (ce qui voulait dire, bien sûr : « Ça alors ! »).

Alors, il se passe une chose étrange : les yeux du mistouflon se mettent à tourner comme une roue de loterie. Ils deviennent bleu phosphorescent, puis rouges comme des braises, et cela sans cesser de tourner. Le directeur est complètement hypnotisé.

— Rentrez dans votre chambre, dit alors le mistouflon d'une voix impérieuse. Et faites un gros dodo. N'oubliez pas vos dents, ajoute-t-il en descendant de la plate-forme et en les lui tendant délicatement du bout de son museau.

Le directeur, comme un automate, remet les dents dans sa bouche.

— Merci beaucoup, dit-il, ravi de pouvoir à nouveau parler correctement.

— N'oubliez pas, rappelle le mistouflon tandis qu'il s'éloigne, n'oubliez pas que le mistouflon n'a existé que dans votre imagination.

Et le directeur disparaît au tournant de l'escalier en hochant la tête. Le mistouflon entend se fermer la porte de la chambre de M. Plouffe et pousse un soupir de soulagement. Il y a de quoi.

Mais ce n'était pas tout. À présent, il lui fallait une autre cachette. Il sortit du château et s'arrêta un moment sur la terrasse pour bavarder avec le chien de garde et lui raconter son aventure.

— J'aurais bien voulu voir ce bonhomme en pyjama à fleurettes et sans ses dents ! disait le chien en se tordant de rire.

Les deux animaux se dirent au revoir et le chien reprit son va-et-vient monotone le long de la terrasse. Tout en marchant, il se disait qu'il aurait bien aimé goûter aux calissons et à toutes ces bonnes choses dont il ne connaissait que le nom. Hélas ! ce n'étaient pas là des aliments de chien de garde. Et il lança un dernier aboiement cordial au bizarre animal qui lui avait fait si agréablement passer une partie de la nuit.

Tout était calme sur la route qui descendait vers le village. Il faisait une belle nuit froide et claire. Le clocher sonna trois heures du matin, et le mistouflon leva alors la tête vers le ciel lourd d'étoiles.

« Ce serait, pensait-il, une nuit à faire un poème. »

Car le mistouflon était poète à ses heures. Bien sûr, il ne savait pas écrire, mais dans son cœur, parfois, il avait comme de grands frissons et il se disait que le monde était beau. Alors, faire un poème, pour le mistouflon, c'était simplement fermer les yeux après avoir bien regardé, et écouter ensuite ce que son cœur lui disait en secret. Cette nuit-là, le mistouflon fit donc un poème, et il avait bien raison.

À peine avait-il fini que le mistral se mit à souffler.

— Allons, dit-il, par mes cornes ! il faut que je trouve un abri, sinon, tout poète que je suis, je vais être un mistouflon gelé pour de bon demain matin.

Il passa devant sa maison et se dit qu'il n'était pas question de coucher dedans tant que M. Plouffe serait à Lourmarin. Il continua donc son chemin. Lorsqu'il fut devant l'entrée de l'école, il eut une idée : avec un peu de chance, elle n'était peut-être pas fermée...

Le mistouflon eut beaucoup de chance : on avait été distrait, et la porte s'ouvrit sans difficulté. Il entra dans la classe de Mme Pellenc et fut absolument enchanté en apercevant le petit salon garni de jolis coussins confortables. Il se

L'école

fit un petit nid douillet et posa doucement sa grosse tête. Trois secondes après, il dormait à pattes fermées.

Chapitre 3

Le lendemain, le directeur se réveilla très tard. Il lava ses dents, les mit en place et s'écria :

— Quel rêve ridicule j'ai donc fait cette nuit !

Puis il se cura le nez, les oreilles et les orteils, enfila ses vêtements extraordinaires, peigna les trois derniers cheveux qu'il lui restait sur la nuque et partit dans sa 178 CV en direction de la mairie.

En chemin, il remarqua étonné une petite maisonnette en forme de pigeonnier dans la prairie. Il se demanda à quoi elle pouvait bien servir. Soudain, il freina. Il venait de se souvenir des photos qu'il avait vues dans les journaux. Il y avait une petite hutte comme ça dans l'article sur le mistouflon !

Il descendit de voiture et, après avoir un peu hésité, entra dans la maison du mistouflon. Il contempla, étonné, le tas de plumes multicolores, les paquets de tabac rangés sur l'étagère, le seau rempli d'un curieux liquide parfumé. Il mit une plume dans sa poche et sortit, perplexe.

Au même instant, Mme Didier ouvrait la porte de la cour et commençait à faire sortir les petits. M. Plouffe s'approcha.

— Pourriez-vous me dire, s'il vous plaît, ce que c'est que cette construction ? dit-il en montrant du doigt la maison du mistouflon.

— Oh ! ça... Je ne sais pas, répondit Mme Didier. Vous n'avez qu'à demander à madame la Directrice.

— Une directrice, ici ? Il y a donc un zoo ?

— Mais non, voyons, monsieur, la directrice de l'école, Mme Perraud. Tenez, la voilà qui arrive.

— Mes hommages, madame la Directrice, dit le directeur en lui baisant la main. Voici ma carte.

Mme Perraud attrapa un fou rire terrible en lisant la carte de visite :

Hubert Gédéon PLOUFFE
Directeur général du
ZOO ZINZIN
de la R.P.
Diplômé de l'Institut des études peu pratiques
Chargé de cours à l'École de la basse-cour

Heureusement, M. Perraud arrivait et elle le lui présenta en se cachant derrière lui pour rire tranquillement. M. Perraud sortait de sa classe et il était un peu distrait. Aussi, quand M. Plouffe lui demanda ce qu'était ce bâtiment de l'autre côté de la route, il commença à répondre :

— Mais c'est la maison du m...

— PIERRE ! cria Mme Perraud.

— La maison du quoi ? demanda le directeur, soupçonneux.

— Ben... du méchant élève, dit M. Perraud.

— Voyez-vous, ajouta Mme Perraud, c'est là que nous enfermons les enfants indisciplinés. Ce sont les méthodes modernes.

— Mais c'est bien joli comme cachot, répondit le directeur. De mon temps, nous n'étions point si luxueusement logés quand nous étions punis.

— Ce sont les méthodes modernes, répéta Mme Perraud.

Mme Pellenc venait à son tour de sortir de sa classe et s'était approchée.

— Et à quoi servent donc tous ces paquets de tabac ? continua le directeur.

— Il les mange… heu, ILS les mangent – les enfants – enfin, les enfants mangent le tabac. C'est ça. C'est très mauvais. Ça pique. Ça pique la chique, oui, oui, la chique, ça pique. C'est comme ça, monsieur le Directeur.

M. Perraud ne savait plus que raconter à cet affreux bonhomme. Il s'excusa, dit qu'il avait mal à la tête et s'enfuit.

— Vous ne trouvez pas que c'est une bonne idée d'enfermer les enfants ? demanda alors Mme Pellenc avec un petit sourire au coin des lèvres.

— À vrai dire, je ne sais pas. Excusez-moi, mesdames, mais j'ai rendez-vous à la mairie et il faut que je vous quitte.

Lorsque la 178 CV démarra en pétaradant, tout le monde poussa un gros soupir de soulagement.

Mme Perraud disait que Pierre avait bien failli vendre la mèche. Pierre, lui, répondait qu'on aurait dû le prévenir que c'était au directeur du zoo qu'il parlait.

— Je croyais que c'était le directeur du cirque ambulant : vu la façon dont il était habillé, on pouvait se tromper, expliqua-t-il.

— Espérons qu'il ne soupçonne rien, dit Mme Pellenc. Quand je pense que le mistouflon est là, dans ma classe !

En effet, l'animal avait passé la matinée à l'école. Mme Pellenc lui avait dit qu'elle voulait bien le garder exceptionnellement, à condition qu'il ne bavarde pas et qu'il ne dissipe pas les enfants. Il avait été très sage.

À la récréation, on lui avait permis de sortir dans la cour, et les enfants s'étaient follement amusés avec lui.

À tour de rôle, il les avait promenés sur son dos. Ensuite, il avait demandé la permission d'essayer les patins à roulettes. On avait fixé tant bien que mal les trois paires de patins sur ses six sabots. Au début, on l'avait un peu aidé, mais ensuite, il avait dit :

— Lâchez-moi. Je crois que je vais y arriver tout seul.

Ah ! C'était un extraordinaire spectacle que le mistouflon à roulettes traversant la cour comme un bolide et finissant sa course la tête la première dans le bac à sable !

— C'est bien dommage qu'on ne m'invite pas plus souvent aux récréations, avait-il soupiré. On s'amuse bien dans cette école...

En passant devant chez Ollier, M. Plouffe vit une dame qui marchait avec trois enfants. C'était Mme Schwartz.

« Tiens, tiens ! Une maman d'élèves », se dit-il.

Il arrêta l'auto un instant et baissa la vitre.

— Pardon, madame, est-ce que vos enfants sont toujours sages à l'école ?

— Heu... ça dépend... pourquoi ?

— Alors, on doit les enfermer de temps en temps dans la petite maison que j'ai vue là-bas, dans la prairie, n'est-ce pas ?

— Une maison ? enfermer mes enfants ??? mais de quoi parlez-vous ?

— De rien, de rien. Excusez-moi. Je vérifiais.

M. Plouffe alla se garer devant la mairie.

Il avait l'air absorbé et son regard était sombre. Il monta à toute vitesse les escaliers de la mairie et entra sans même frapper dans le bureau de M. Roques.

— J'ai rendez-vous avec le maire. Où est-il ? demanda-t-il sans même dire bonjour.

— Il ne va pas tarder, je pense. Asseyez-vous donc.

M. Plouffe s'assit. Puis soudain, il se leva avec une drôle de lueur dans les yeux. Il s'approcha du comptoir et sortit quelque chose de sa poche. M. Roques s'arrêta d'écrire et leva les yeux.

— Et ça alors, qu'est-ce que c'est ? dit M. Plouffe d'une voix mauvaise.

— Une plume de coufala, bien sûr.

— Une plume de QUOI ?

— De COUFALA !

— Ce ne serait pas plutôt une plume de mistouflon ? reprit le directeur d'un air ironique.

M. Roques éclata de rire. À ce moment, M. Barthélemy entra. Heureusement, car M. Roques avait failli ajouter que le mistouflon avait des poils bleu pâle et tout frisés !

Alors M. Plouffe brandit la plume sous le nez du maire et lui dit :

— Et ça, vous allez vous aussi me dire que c'est une plume de je ne sais trop quoi ?

— De coufala, bien sûr, répondit le maire.

M. Plouffe était surpris. Ses soupçons seraient-ils faux ? Mais d'abord, qu'est-ce que c'était qu'un coufala ?

Alors, le maire expliqua que personne ne pouvait attraper ces oiseaux-là. Mais que, par le plus grand des hasards, les chasseurs avaient découvert plusieurs nids abandonnés de coufalas et recueilli les plumes dont ils étaient tapissés. Le directeur était bien étonné.

Puis le maire sortit un petit rectangle bleu de sa poche et lui dit :

— J'allais oublier : on vient d'apporter ce télégramme pour vous.

Et le directeur l'ouvrit et lut :

LION ET LIONNE APRÈS AVOIR DÉVORÉ ALPAGA STOP BOA STOP CHIMPANZÉ STOP SOUFFRENT DILATATION ESTOMAC STOP PRÉSENCE INDISPENSABLE STOP SALUTATIONS RESPECTUEUSES

LE SOUS-DIRECTEUR CHEF

ONÉSIME FLOUPPE

ZOO ZINZIN DE LA R. P.

— AH ! CIEL ! L'alpaga, le boa, le chimpanzé !

Le directeur était comme fou. Il avait complètement oublié ses soupçons à propos du mistouflon. Il alla vite chercher son infirmier à l'hôtel. Celui-ci était en train de boire son petit coup de liqueur de cactus (car il ne supportait pas le café au lait le matin).

— Dépêche-toi, Eusèbe, nous partons ! Le lion et la lionne ont dévoré trois animaux du zoo et souffrent de dilatation d'estomac. L'heure est grave !

En disant adieu, M. Barthélemy tendit au directeur la plume de coufala qu'il avait oubliée à la mairie.

— Le village de Lourmarin vous l'offre pour votre collection, lui dit-il.

M. Plouffe était ému, enchanté, ravi.

Il démarra dans un bruit terrible.

« ADIEU, monsieur le Directeur, ADIEU, monsieur l'infirmier. Et SURTOUT, qu'on ne vous revoie JAMAIS ! »

Voilà ce que chacun, en secret, pensait en les voyant s'éloigner dans un affreux nuage de fumée.

Chapitre 4

La paix et la tranquillité étaient de nouveau sur le petit village. Le mistouflon était très aimé des habitants.

Mais bientôt, les choses se gâtèrent. Il était jeune et il avait beaucoup d'idées farfelues. C'est ainsi qu'il se mit à faire bêtise sur bêtise à Lourmarin.

Un matin, il décida d'aller visiter la coopérative vinicole.

Quand il arriva, M. Mollar était justement en train de déverser la cargaison de son tracteur dans le grand trou. Le tas de raisins dégringolait lourdement, et le mistouflon se pencha pour regarder ça de plus près.

Ce qui devait arriver arriva : il glissa, tomba la tête la première dans la bouillie juteuse. M. Davin le repêcha juste avant qu'il ne se fît mouliner la queue par la grande vis du pressoir. Quand l'animal ressortit tout dégoulinant de jus de raisin, les guêpes le prirent pour une énorme grappe.

BZZZZZZZZZ...

Et, pour leur échapper, il entra dans la coopérative. Et que fit-il là-dedans ? des BÊTISES bien sûr.

Ouvrons les portes des cuves à vin !
Drôle d'odeur
Drôle d'odeur
Goûtons un peu du bout de la patte,
Goûtons un peu du bout du sabot !
Mais, QUE voici ? ?
Monsieur Nocioletti

Avec un balai
Qui me poursuit !
Sauvons-nous !

Derrière M. Nocioletti, il y avait aussi Dédé Lajon avec un gros bâton. Ah ! la belle poursuite !

GRIMPONS À CETTE ÉCHELLE.
ATTENTION À LA CUVE OUVERTE.
J'AI FAILLI TOMBER DEDANS...
AÏE ! UNE FLAQUE DE VIN...
ZZZZZZ... VIRAGE.
ZZZZZZ... PLOUF ! SCHLAF ! PLOF...
(VIRAGE MANQUÉ)
PLUS VITE ! PLUS VITE...

— Vas-tu sortir d'ici ? criait M. Nocioletti.

— AOU ! AOU ! criait le mistouflon en courant de plus en plus vite.

— Je m'en vais te donner un de ces coups de bâton ! dit Dédé Lajon en courant après lui.

La fontaine

Enfin, le mistouflon sortit du bâtiment. Il aperçut le grand tas de lie de vin violette et se cacha rapidement dedans.

OUF ! SAUVÉ !

Un moment après, M. Nocioletti et Dédé Lajon retournaient, essoufflés, à leur travail dans la coopérative. Alors, le mistouflon sortit de sa cachette sur la pointe des pieds.

Il redescendit au village. En chemin, il croisa Paul Davin, qui fronça le nez au passage.

— POUAH ! Tu sens bien mauvais ! lui dit-il.

Un peu plus loin, il rencontra Mireille Imbalzano qui lui dit qu'elle le trouvait bien sale.

— Je me demande comment tu as pu devenir violet et tout pégueux comme ça, lui dit-elle.

C'est ainsi que le mistouflon prit la décision de se laver et qu'il inventa sa seconde bêtise. Sur le pas d'une porte, il y avait un paquet de lessive appartenant à M. Gril.

— Voilà juste ce qu'il me faut ! s'écria-t-il.

Le mistouflon saisit le paquet entre ses dents et se mit à errer à la recherche d'une baignoire. En arrivant près de l'église, il s'arrêta devant la fontaine.

— Génial ! voilà qui est GÉNIAL ! Une baignoire juste à ma taille ! s'écria-t-il.

Il versa tout le paquet de lessive dans l'eau et PLOUF !

Il plongea dans la fontaine. Celle-ci déborda tout de suite, car le mistouflon n'était pas maigre. Et comme l'eau coulait dedans sans arrêt, elle continua gentiment de déborder. Le mistouflon, lui, se régalait. L'eau qui dégoulinait faisait mousser la lessive.

Mousser, mousser, MOUSSER, MOUSSER...

Environné d'une montagne de savon, il chantait dans son bain :

Ah ! que c'est bon
de se laver
dans la fontaine !
Turlututton...

Vive le savon !
Diguedondaine !

La mousse montait, montait autour du mistouflon. Puis elle commença à déborder et à longer les marches de l'église. Enfin, une jolie coulée de bulles blanches s'engagea dans la ruelle, une autre dans la rue Albert-Camus.

À cet instant, le poissonnier arrivait dans sa camionnette. Voyant toute cette mousse devant lui, il s'arrêta et descendit, étonné.

Quand Firmin vit ses cageots de craquantes environnés de mousse, il sortit effaré de sa boutique, jura très fort, et alla voir ce qui se passait en continuant de manger son sandwich.

Mme Ginoux, elle, regardait par sa fenêtre. Un instant, elle avait cru qu'il avait neigé !

Petit à petit, les gens montaient vers la place de l'église, se demandant d'où pouvait venir cette inondation mousseuse.

Quand la foule arriva sur la place, le mistouflon était justement en train de se faire un shampooing de cornes. Cela lui faisait une drôle de tête !

— Cet animal est complètement fada ! s'écria Firmin en manquant s'étrangler avec son jambon.

Et l'on fit sortir le mistouflon de la fontaine. On le gronda beaucoup.

— Je ne comprends pas les Lourmarinois, disait-il en se secouant (ce qui aspergea tout le monde alentour). Grâce à moi, les rues seront toutes propres. Et ils se plaignent !

Puis il s'en alla au triple galop, car Firmin lui avait flanqué son pied quelque part en lui disant :

— Eh ! va te cacher, andouille ! ou je te fais manger de la craquante au savon.

Et les bêtises continuèrent de plus belle...

Il entra un matin dans la boulangerie pendant que M. Barret était sorti et mit ses pattes sur le pain prêt à être enfourné. Le lendemain, on trouva de curieuses empreintes dans les fendus… Le mistouflon était passé par là, dirent les gens en soupirant.

Il s'arrêta sur un chantier, trempa sa patte dans un seau de peinture et dessina ensuite un joli paysage sur le carrelage frais.

Il retrempait sa patte chaque fois qu'il n'avait plus de peinture. Au bout d'un moment, il se recula pour juger de l'effet. À ce moment, le peintre se retourna et s'aperçut de ce que le mistouflon avait fait.

— Pécaïre ! s'écria-t-il, mais je vais l'étrangler, cet animal.

Et il le poursuivit dans tout le village, son pinceau à la main. Il le rattrapa enfin, et en guise de punition, lui barbouilla tout le museau de peinture blanche.

— Et si jamais tu recommences, ajouta-t-il, je te la fais manger, cette peinture !

La liste des bêtises que fit le mistouflon est encore longue. Il avait la manie de fourrer son nez partout. C'était l'animal le plus curieux de la terre.

Il mit la tête à la fenêtre entrouverte d'une dame qui faisait son ménage. La dame, furieuse de voir une tête de mistouflon dans son salon, lui donna quelques bons coups de plumeau poussiéreux sur le nez.

Il entra dans le restaurant du Moulin pendant une grande réception, croqua trois minuscules petites pizzas, but un jus de tomate, et marcha sur le châle d'une dame en toilette de soirée. Cela fit un beau scandale.

Des bêtises, des bêtises et encore des bêtises. C'est pourquoi il n'est pas étonnant qu'un jour le maire trouvât une pétition dans son courrier :

Le mistouflon nous asticote, monsieur le Maire. Il nous tourne tous en bourriques. Nous ne voulons plus le voir entrer comme ça sans permission chez tout le monde. Faites quelque chose pour lui faire entendre raison, sinon nous nous fâcherons pour de bon.

Signé : quarante-sept Lourmarinois en colère.

— Misère ! soupirait le maire. Ces Lourmarinois ne seront donc jamais contents ! D'abord, ils ne veulent pas le laisser partir, et ensuite ils ne sont pas contents de l'avoir...

Au moment où il sortait du bureau, qui trouva-t-il devant sa porte, l'oreille contre la serrure ? Devinez un peu...

Le MISTOUFLON, bien sûr !

C'était notre diable d'animal qui s'était promené jusqu'à la mairie, et avait décidé d'aller voir un peu ce qui se passait dans ce bâtiment-là.

— Ah ! c'est trop fort ! dit le maire. Venez avec moi, animal.

« Aïe, aïe, aïe ! se dit le mistouflon. Il va me mettre en prison ! »

Mais, au fait, y avait-il une prison à Lourmarin ? Il se promit d'étudier la question – si toutefois le maire le relâchait.

« Va-t-il me battre ? se disait-il. Va-t-il me priver de tabac ou de Picole ? Va-t-il m'exproprier de ma maison ? » Toutes ces idées lui faisaient venir des larmes aux yeux, de grosses larmes dorées.

Pendant ce temps, M. Barthélemy et M. Sarnette, que l'on venait de mettre au courant lui aussi, fixaient le mistouflon d'un air sévère. Quand ils virent qu'il commençait à pleurer, ils se radoucirent un peu.

— Allons, mistouflon ! remettez-vous. Que faisiez-vous tout à l'heure contre cette porte ?

— J'écoutais... avoua l'animal tout simplement.

— Ce n'est pas joli, dit M. Sarnette.

Puis, avec le maire, ils le sermonnèrent bien fort. Le mistouflon écouta en baissant la tête. Enfin, on le laissa partir, non sans lui avoir fait répéter, une patte sur le cœur, la promesse suivante :

Moi, mistouflon, je vais être sage
et je promets
de ne plus asticoter le village tout entier.
Je n'entrerai plus dans les maisons

sans avoir reçu d'invitation
et je tâcherai
de ne plus empoisonner la vie des habitants.
Sinon, on m'attachera à un piquet
avec une grosse corde
et... je l'aurai bien mérité !

À partir de ce jour, le mistouflon devint un modèle de sagesse, de politesse et surtout de discrétion. Pour aller chez quelqu'un, il attendait qu'on le lui proposât. À la sortie de l'école, il s'installait près du portail. Il saluait Arlette Didier, qui lui caressait toujours le museau, faisait la révérence à Ida, qui revenait de sa promenade avec Nicolas ; enfin, il était plein de prévenance. Parfois, il rendait de menus services : ainsi, il ramenait sur son dos les enfants qui habitaient en dehors du village et faisait très attention en traversant la déviation. Tout cela fit que les gens oublièrent vite que le mistouflon les avait mis en colère. Il redevint le gros chou-

chou du village, et la vie reprit son train quotidien.

Un matin, en lui portant son paquet de tabac, un enfant trouva la maison du mistouflon déserte. Il crut d'abord que l'animal était sorti faire une promenade matinale. On était en novembre et, bien que le fond de l'air fût très froid, il y avait un beau soleil. L'enfant laissa le paquet de tabac bien en évidence à côté du lit en plumes de coufala et se dépêcha de rentrer dans la cour, car on allait fermer le portail. Puis, il n'y pensa plus. À midi, point de mistouflon. Le soir, encore moins.

Quand on vit le lendemain que le mistouflon n'était pas encore rentré, on se réunit devant l'école. Les gens commençaient à s'inquiéter sérieusement. On se partagea les recherches dans le village, mais à midi, personne n'avait rencontré le mistouflon, personne n'avait eu de ses nouvelles.

Roger l'inventeur était bien pessimiste : il prétendait que le mistouflon s'était fait renverser par une voiture. Et il dit à Mme Pellenc :

— Vas-y, téléphone donc un peu aux gendarmes de Cadenet. Ils sauront peut-être quelque chose.

Et Mme Pellenc téléphona.

— ALLÔ ? Les gendarmes ?

— Oui, ici la gendarmerie de Cadenet. Que puis-je pour votre service ?

— Nous avons perdu notre mistouflon. N'y a-t-il pas eu d'accident signalé dans la région depuis hier ?

— Heu... Qu'avez-vous perdu au juste ?

— Le mistouflon.

— Le mistouflon ? La communication doit être mauvaise. Je ne vous comprends pas, madame. Veuillez épeler.

— Heu... Marcel, Isidore, Suzanne, Totoche... heu... Onésime, Ursule, Firmin, Léonce, encore Onésime... et Noémie... Ouf !

— Heu… ça fait « mistou… flon ». Qu'est-ce que c'est que ça, un mistouflon ???

— Laisse tomber ! dit Roger, ils ne savent pas ce que c'est que cet animal. Ce n'est pas la peine d'insister.

Et Mme Pellenc, obéissante et distraite, laissa effectivement tomber le récepteur du téléphone. Cela fit un bruit terrible dans l'oreille du gendarme, dont les moustaches se retroussèrent de fureur. Vite, vite, Roger raccrocha le téléphone, car il ne voulait pas avoir d'ennuis avec les gendarmes, qui se vexent facilement.

— Bon, dit Roger. Alors les gendarmes ne sont pas au courant. Il faut absolument faire des recherches SÉRIEUSES. ABSOLUMENT. Sinon, c'est le DRAME ! Non, mais vous l'imaginez un peu, ce mistouflon, crevant de faim ou de soif dans un trou, dans un fossé ? Tout seul ? Peuchère, je ne donne pas cher de sa vie à ce brave animal !

Roger, avec ces paroles, il aurait démoralisé un régiment. Les hommes décidèrent alors qu'ils feraient une battue dans la montagne si le mistouflon n'était pas rentré le lendemain. Les enfants étaient bien tristes. Ils auraient voulu qu'on parte faire la battue tout de suite. Mais tout le monde avait du travail. Le mistouflon devrait attendre encore un peu. Qu'avait-il pu lui arriver à ce pauvre animal ? Pendant la récréation, les enfants ne parlaient que de cette histoire. Les uns disaient qu'il avait dû tomber dans un ravin, les autres qu'il se serait empoisonné avec des champignons vénéneux.

Certains prétendaient encore qu'il aurait avalé une guêpe, qu'il se serait foulé une de ses six chevilles. Ils imaginaient le pire. Après la récréation, heureusement qu'il y avait atelier, sinon personne n'aurait écouté ce que disait la maîtresse. On fit de la peinture, et chacun représenta le mistouflon accidenté d'une manière ou d'une autre. C'était au fond très déprimant.

Comme ils sortaient de l'école, à 16 heures 30, on vit la D.S. de Roger Alamèle qui rentrait par la route d'Apt. Il tourna devant l'école et s'arrêta dans un crissement de freins.

— J'ai trouvé le mistouflon ! s'écria-t-il en sortant de sa voiture. Il avait été renversé par un chauffard, et je l'ai aperçu par hasard sur le bord de la route en passant dans la combe. La pauvre bête est bien mal en point !

Il paraît que le mistouflon avait dit d'une voix toute faible qu'il fallait qu'on le ramenât à l'école, que les enfants sauraient le soigner. Puis, il s'était évanoui. Arlette alla vite chercher les instituteurs, et on téléphona en toute hâte au docteur.

Pendant ce temps, les enfants s'étaient approchés de la voiture. Le pauvre mistouflon était étendu sur la banquette arrière. Ses yeux étaient fermés.

— Il est mort ! cria un enfant.

— Mais non, dit un grand, regarde : on le voit qui respire !

En effet, les flancs de l'animal palpitaient faiblement, mais avec régularité.

— Tu as vu comme il saigne ? dit un enfant.

Eh oui ! le mistouflon avait une grosse blessure à la tête. Deux petites filles se mirent à pleurer.

On transporta le mistouflon dans sa maison et on attendit le docteur en essayant de lui faire boire un peu de Picole avec un compte-gouttes.

Il ne vint pas UN docteur, mais QUATRE ! Pour mieux le soigner, on les avait fait tous venir.

Le docteur Genevray lui prescrivit un sirop antibiotique.

Le docteur Gueit lui injecta du sérum antitétanique.

Le docteur Meucci mit sur sa blessure de la poudre antiseptique.

Enfin, le docteur Signouret dit qu'il fallait lui faire des injections hypodermiques.

Puis, ils s'éloignèrent du lit du mistouflon et s'entretinrent à voix basse.

— Avez-vous l'espoir de le sauver ? demanda Jean-Claude Giampaoli.

— Son cas est très grave...

— Il a perdu beaucoup de sang...

— Il est resté longtemps étendu dans le froid...

— Son pouls est bien lent..., répondirent l'un après l'autre les quatre docteurs.

Le mistouflon avait entendu, car ils avaient parlé un peu plus haut en répondant à Jean-Claude. Il ouvrit l'œil, puis l'autre, et dit enfin d'une voix très faible :

— Est-ce que je vais mourir ?

— Nous ne le savons pas, soupirèrent les docteurs.

— En tout cas, je veux faire mon testament, articula le mistouflon avec beaucoup de difficulté.

— Eh bien ! qu'on aille lui chercher le notaire, dirent les docteurs aux enfants en s'en allant. Mais n'oubliez pas d'acheter les médicaments à la pharmacie.

Les enfants allèrent donc voir le notaire.

— Mais c'est absurde ! dit celui-ci. Cet animal ne possédant rien au monde, il ne peut rien léguer à personne.

— Eh ! répondit un enfant, puisqu'il sait parler, il a peut-être ses dernières volontés à nous dicter.

— C'est bien ! soupira le notaire. Ce n'est peut-être pas très légal, mais je ne veux pas vous faire de peine.

Et il suivit les enfants jusqu'à la maison du mistouflon. Mme Perraud était justement en train de faire un pansement à l'animal et Mme Pellenc lui donnait un peu de Picole dans laquelle Roger avait versé quelques gouttes d'alcool de perlimpinpin pour le requinquer.

En présence de tout ce monde, le mistouflon dicta alors ses dernières volontés.

Moi, mistouflon, natif du Luberon, sain d'esprit et en présence des témoins ci-après nommés, je lègue aux enfants de Lourmarin la maison que j'habite. Elle ne m'appartient pas, mais c'est tout comme puisqu'elle a été construite pour moi.

De plus, je demande et ordonne que JAMAIS *on ne tue de mistouflon dans le Luberon si par hasard les chasseurs rencontrent un de mes parents.*

Fait à Lourmarin, le 24-11-1972.

Chapitre 5

Comme le mistouflon ne savait pas signer, on lui présenta un tampon encreur et il imprima lentement son sabot au bas de la page.

À peine cette triste formalité était-elle finie que M. Barbier entra avec les médicaments. L'alcool de perlimpinpin de Roger faisait son effet, et le mistouflon se souleva péniblement sur son lit et demanda qu'on lui lût un peu les ordonnances. Il ne voulait pas avaler de remèdes sans savoir au moins leur nom. On lui lut donc : « sérum antibiotique, sérum antitétanique, poudre antiseptique, injection hypodermique… »

— Oh ! panique ! dit-il en ouvrant un œil à demi, il me semble que tout cela fait beaucoup de IQUE. Et il en manque un seul sur toute cette liste. UN SEUL !

— Et quoi donc ?

— Voyons, dit le mistouflon en parvenant à ouvrir l'autre œil, et la BOTANIQUE ???

— La botanique ?

— Bien sûr... Attendez que je cherche dans mes souvenirs... Comment s'appelait cette herbe... Ouille ! ma tête...

Le pauvre mistouflon referma les yeux en soupirant.

— Allons, calme-toi, sinon tu auras de la fièvre.

On entendit un autre gros soupir, et puis soudain, dans le silence, le mistouflon prononça ces mots bizarres :

— LA GUIGOUILLE GARANCÉE !

— Ça y est, dit Mme Perraud. Le voilà qui délire.

— GUIGOUILLE GARANCÉE ! répéta le mistouflon, plus fort cette fois.

— Mistouflon, arrête maintenant ! (Mme Perraud se mettait en colère.) Si tu continues, je te fais prendre un somnifère ! Il ne faut pas t'exciter comme ça.

— Macati de macaton, par les cornes de ma grand-mère mistouflonne ! s'écria le mistouflon.

— Le voilà qui jure, à présent, dit Mme Pellenc.

— Il y a de quoi, répondit péniblement le mistouflon. Êtes-vous tous stupides ? Allez me chercher des feuilles de guigouille garancée. Faites-m'en une infusion. Cela me guérira. La bo-ta-ni-que me gué...

Là-dessus, le mistouflon laissa tomber sa tête en arrière sur ses plumes de coufala et s'endormit, épuisé, d'un sommeil agité. Il ne restait plus qu'à aller chercher la fameuse guigouille. Mais on était en décembre, et la nuit tombait vite.

— Nous irons demain matin, puisque c'est un dimanche, leur dit M. Perraud.

— On peut tous venir ? demandèrent les enfants.

— Oui, à condition que vous demandiez la permission à vos parents. Nous partirons dès que le jour se lèvera, car il ne faut pas perdre de temps.

Le dimanche matin, une aube triste se leva sur le village. Il faisait froid et humide. Les cheminées dessinaient sur le ciel nuageux des tas de petits filets grisâtres.

Les enfants arrivaient les uns après les autres. Avec leurs imperméables, leurs capuchons, leurs grosses bottes de caoutchouc, on aurait dit une armée de petits champignons. Ils s'amusaient à souffler et cela faisait de la buée, comme s'ils avaient tous fumé le cigare. Et des champignons qui fument le cigare, on ne voit pas ça tous les jours...

La route en direction de la Combe

Les mamans avaient eu de bonnes idées. Elles avaient pensé qu'avec ce temps les enfants auraient envie de boire quelque chose de chaud et de manger pour se réchauffer. Alors, elles avaient apporté des surprises : Mme Morello avait fait des oreillettes ; Mme Avon, des sandwiches au jambon ; Mme Vial, des crêpes à la crème ; Mme Taillard, du saucisson ; Mme Davin, des gibassiers ; Mme Mollar, du pâté ; Mme Tonelli, des petits pains au lait ; Mme Giampaoli, des brioches ; Mme Nocioletti, des berlingots ; Mme Schwartz, des bonbons et Mme Imbalzano, des nougats. Enfin, Mme Soulier avait apporté des thermos de chocolat chaud.

On fit monter les enfants-champignons dans le camion de M. Davin, qui les emmena en direction de Gerbaud : cela leur ferait un peu moins de chemin à faire à pied et la recherche de la guigouille ne commencerait qu'en pleine nature.

Ils virent passer Riri Bernard avec son troupeau de moutons qui leur souhaita bonne chance.

La veille, M. Perraud avait travaillé très tard à consulter des dictionnaires, des encyclopédies et des manuels de botanique. Il voulait se documenter à fond sur la guigouille. Il avait fait ensuite un grand dessin qu'il avait colorié et il le montrait maintenant aux enfants pour qu'ils puissent reconnaître facilement l'herbe miraculeuse.

Ce n'était pas facile de montrer un grand dessin aux enfants debout dans un camion : il y avait des cahots, et une petite pluie fine commençait à tomber. Finalement, M. Perraud tomba assis dans le fond du camion, et quatre ou cinq enfants lui dégringolèrent dessus. Le pauvre dessin était en bien mauvais état. Ah ! ce n'était vraiment pas facile de partir en expédition en décembre pour trouver de la guigouille garancée... pas facile du tout !

Il faut croire que la chance n'était pas avec les enfants ce jour-là. La pluie redoubla, on mangea les oreillettes et les sandwiches tout mouillés, on aurait dit du chewing-gum. Quatre enfants glissèrent dans une flaque d'eau et se mouillèrent le derrière. Cinq enfants dérapèrent dans de la boue et se relevèrent tout tartinés sur le devant. Les autres glissèrent et dérapèrent devant et derrière. La pluie leur dégoulinait dans le cou, glissait le long de leur dos en chatouillant leurs omoplates et en les faisant frissonner. Les bois et les champs retentissaient de magnifiques « atchoums ! ». À midi, M. Perraud se résigna : il fallait rentrer.

— Je sais que nous rentrerons bredouilles si nous abandonnons tout de suite. Mais nous ne pouvons pas continuer nos recherches par un temps pareil. Demi-tour, on rentre !

Et la petite troupe rentra par les chemins creux remplis de flaques, par les champs inondés et par la route boueuse. En les voyant passer devant sa fenêtre, César s'écria :

— Macati de macaton ! je crois qu'ils n'ont rien trouvé !

Comme les enfants étaient déçus ! Avant même de rentrer chez eux pour se sécher et se changer, ils se précipitèrent pour aller prendre des nouvelles de leur cher mistouflon.

M. Savel était justement auprès de lui. Il lui avait apporté un peu de son tabac de pipe, mais l'animal n'avait guère d'appétit. Il n'avait même pas voulu goûter à la grosse truffe que M. Béluguet lui avait apportée dans la matinée. Par moments, même, le mistouflon disait des paroles tout à fait bizarres et sans aucun sens : il délirait complètement.

Il faisait de drôles de bruits, crachait des nuages verts et rouges par le nez, faisait des bonds sur son lit et se remettait ensuite à prononcer des mots incohérents.

Au moment où les enfants arrivèrent pour prendre de ses nouvelles, M. Savel, stupéfait, mâchonnait sa pipe en écoutant les paroles extraordinaires du malheureux animal.

— Moudouda, j'ai rapatipé calamazou. Ya mon mouchoir qui se carapate ! Au secours ! J'ai attrapé une horloge qui était en retard !

Puis, grand silence.

M. Savel s'approcha du lit et dit :

— Écoute, mistouflon, est-ce que nous pouvons faire quelque chose pour toi ?

— J'ai mangé mes chaussettes, lui répondit gravement l'animal.

— Tu as QUOI ? ?

— Attention ! le fromage, le fromage, voilà LE FROMAGE !

— Mistouflon, est-ce que tu m'entends ? reprit M. Savel.

— J'ai mis l'essence de M. Baumas dans ma pompe à bicyclette, continua l'animal.

Et, à partir de ce moment-là, on ne put plus l'arrêter pendant un bon quart d'heure.

— Au secours, au secours ! il y a un bifteck qui veut me manger ! BOU BOUBU BOU BOU ! J'ai gouverné ma barque avec une rame de petits pois ! BA BA BA ! Ragnati tagnata !... etcétéra, etcétéra.

— Ça va bien mal, dit M. Perraud en tirant sur sa barbe d'un air perplexe.

— DE QUOI, DE QUOI ? hurlait maintenant le mistouflon. J'ai croqué mon lorgnon qui était tombé dans ma soupe à l'oignon !

M. Savel prit M. Perraud à part dans un coin de la pièce pendant que l'animal continuait à raconter des bêtises.

— Alors, cette herbe, l'avez-vous trouvée ?

— Hélas ! non, soupira M. Perraud. Pas de guigouille. De la pluie, rien que de la pluie. Il faudra essayer de faire des recherches plus haut dans le Luberon probablement.

— Mais avec ce temps, dit M. Savel, vous ne pouvez pas ressortir.

— C'est bien ce que je pense, répondit M. Perraud.

— C'est affreux. Cet animal semble bien mal !

M. Savel s'en alla en hochant la tête et en disant à mi-voix qu'il lui semblait que le mistouflon ne passerait pas la nuit. Tout espoir semblait définitivement perdu. Les enfants rentrèrent chez eux se changer, et la journée finit tristement sous la pluie.

Quant au mistouflon, il raconta tant et tant de bêtises dans son délire qu'il faudrait au moins cinquante pages pour les écrire ici.

Le lundi matin, il était encore en vie, mais il délirait de plus belle. Les gens passaient devant sa petite maison et entendaient des phrases si curieuses qu'ils s'éloignaient très vite. Il faut dire que, parfois aussi, le mistouflon disait des gros mots comme « nom d'une citrouille » ou « chignole » ou encore « cacaboudin », tous ces mots qu'on interdit aux enfants de prononcer et que les grandes personnes disent de temps en temps. Il se mettait aussi à insulter les gens qui venaient lui faire prendre ses médicaments. Il leur disait par exemple :

— Va-t'en, vieux haricot !

Ou encore :

— Oh ! Oh ! une tête de veau !!!

— Espèce de vieille banane !!!

— Sors d'ici, patate pourrie !!!

On fit revenir les quatre docteurs, qui déclarèrent qu'il n'y avait plus d'espoir.

ALORS...

Un petit garçon et une petite fille du CE1 et du CE2 décidèrent d'oublier qu'ils avaient faim. Ils mirent leur ticket de cantine dans la poche de leur tablier et demandèrent la permission d'aller au château pour voir si par hasard ils n'y trouveraient pas de la guigouille.

Comme il ne pleuvait plus, Mme Pellenc leur dit :

— D'accord, mais Roger l'inventeur va venir avec vous. Surtout, ne rentrez pas en retard.

Roger et les deux enfants partirent en courant. Mme Chauvin leur courut après et leur tendit à chacun un gros morceau de pain avec du fromage. Elle trouvait qu'ils avaient bon cœur et qu'il leur fallait quand même prendre des forces. Et puis, elle se faisait du souci pour le mistouflon et était bien contente qu'on cherchât de nouveau cette herbe miraculeuse.

Quand ils arrivèrent dans le parc du château, ils trouvèrent le jardinier, M. Barret, qui était en train de brûler des tas de mauvaises herbes.

— Hé ! cria soudain Roger, que brûlez-vous là ?

— Des saletés, des mauvaises herbes qui empoisonnent mes belles plates-bandes, leur répondit M. Barret.

Roger et les deux enfants s'approchèrent et retirèrent du feu une petite branche qui brûlait encore.

— Mais c'est de la guigouille ! s'écria la petite fille.

— Guigouille ou gargouille, je ne sais pas ce que c'est, mais je suis bien content, parce que j'ai fini de tout arracher. Il n'en reste plus et j'espère bien que cela ne repoussera pas de sitôt.

Alors, les deux enfants, désespérés, se mirent à pleurer. Tout était brûlé !

Roger expliqua l'histoire de la guigouille à M. Barret, qui était désolé.

— Ah ! si j'avais su, disait-il, si j'avais su !

Puis soudain, il ajouta :

— Je crois bien que j'ai vu de cette herbe au cimetière il y a quelque temps. Allez donc voir un peu par là-bas. Peut-être en trouverez-vous.

— Merci beaucoup, lui dit Roger.

Puis il dit aux enfants :

— Vite ! nous avons tout juste le temps d'aller au cimetière et de revenir pour la classe de l'après-midi.

Ils coururent tout le long du chemin. En arrivant au cimetière, ils rencontrèrent M. Ginoux, qui les regarda, étonné. M. Ginoux se demandait ce que Roger l'inventeur et deux enfants de l'école pouvaient bien aller faire dans un cimetière à 1 heure de l'après-midi.

— Et que venez-vous donc faire ici ? leur demanda-t-il.

— C’est pour le mistouflon, dit Roger, hors d’haleine.

— Le mistouflon ? Il est mort ? Vous venez pour l’enterrement ?

— Mais non, mais non, dit Roger.

À l’idée que le mistouflon allait peut-être mourir, les deux enfants se remirent à pleurer.

— Oh ! dit Roger, ça suffit, les saules pleureurs. Vous n’allez plus rien y voir si vous avez les yeux pleins de larmes. Il faut y voir clair pour trouver de la guigouille.

Alors les deux enfants se mouchèrent et commencèrent à chercher. Cela faisait tout drôle de se retrouver parmi les tombes. Partout les enfants lisaient des noms sur les pierres et des phrases de tendresse.

Soudain, il y eut un rayon de soleil, et un enfant cria.

Là !!! Au pied d’une tombe, il y avait une grosse touffe de guigouille.

— BRAVO ! CHAMPION DU MONDE ! cria Roger tout content. Et maintenant, au galop ! Le dernier qui arrive à l'école, je lui mords les OREILLES !!!!

On vit alors trois flèches traverser le village. Et celui qui arriva le dernier, ce fut Roger et il n'arriva pas à se mordre les oreilles... En un bond, ils furent tous trois à la cantine, où Mme Chauvin fit vite bouillir de l'eau qu'elle versa sur les précieuses feuilles. On attendit cinq minutes pour que cela infuse, puis on apporta la tisane de guigouille au mistouflon.

Quand Roger ouvrit la porte, le mistouflon, bien sûr, parlait toujours.

— Par ma sacoche, ma pioche, ma cloche... par ma quiche, remplie de pois chiches... par ma moustache et mes pistaches, par ma mouche, ma bouche, ma couche... par ma flèche, ma pêche, ma bêche...

— Chichi fristi ! s'écria un enfant, ne va-t-il jamais s'arrêter de parler pour qu'on puisse lui donner à boire ?

— MISTOUFLON, TAIS-TOI !!! crièrent à la fois trois ou quatre enfants.

— Hein ? QUOI ? fit l'animal en sursautant.

Et tandis qu'il soulevait péniblement la tête, vite, vite, on lui fit boire la tisane.

Il toussa, avala, grogna, retoussa et fit un gros rot.

Puis, d'un coup, il retomba en arrière et s'endormit.

Cinq minutes plus tard, il ronflait comme la forge de M. César.

Le lendemain, le mistouflon était guéri.

En l'honneur de la guérison du mistouflon, il y eut un grand repas de fête au foyer. Et quel menu !

Cœurs de platane en sauce rose
Bifteck grillouché sur la braise
Pommes de ciel en gratouche
Salade à bigoudis
Fromage chinois
Flaflon

Ramadou glacé
Boisson : jus de Papalimi frais

Mme Chauvin, Mireille Imbalzano et Danielle Colletin redonnèrent du dessert aux enfants autant de fois qu'ils voulurent. Ce fut une belle journée et personne – pas même le mistouflon convalescent – n'eut d'indigestion.

Chapitre 6

On pourrait croire que l'histoire s'arrête là et que les problèmes du mistouflon sont terminés. Hélas ! Il n'en est rien...

Écoutez donc un peu ce qui arriva un matin.

Les enfants arrivent comme chaque jour avec un seau de Picole fraîche. Ils frappent poliment à la porte de la maison du mistouflon. TOC TOC TOC ! Silence. À ce moment, un enfant remarque une flaque d'eau devant la porte. Ils frappent à nouveau.

— En... trez... ! répond l'animal d'une voix méconnaissable. Une fois la porte ouverte, les enfants s'aperçoivent que le sol est complètement inondé.

— Voyons, mistouflon ! tu n'as pas honte de faire pipi dans ta maison ? Tu sais bien qu'il faut faire ça dehors !

— Mais non, ce n'est pas ça, renifle le mistouflon. Vous ne voyez donc pas que je suis en train de pleurer ?

Alors, les enfants s'approchent de lui. Il est effectivement en train de verser de grosses larmes dorées qui roulent sur son museau et font PLOC, PLOC ! en tombant dans la flaque qui s'agrandit sans cesse.

— Allons, allons, dit un enfant en le prenant par le cou. Qu'est-ce qui ne va pas, mon gros chéri chéro trougnougnou ?

Le mistouflon aime bien qu'on le prenne par le cou et qu'on lui dise « mon gros chéri chéro trougnougnou ». Mais aujourd'hui cela ne lui fait rien. Il n'y a pas moyen de l'arrêter de pleu-

Le rocher qui surplombe la Combe

rer. S'il continue, il va noyer tout le village ! Il ne restera plus que les clochers de l'église et du temple, l'horloge, et les habitants mettront des gilets de sauvetage et iront se réfugier sur le Luberon. De Lourmarin, il ne restera plus qu'un grand lac et les gens diront dans cent ans : autrefois, ici, il y avait un charmant petit village. Un jour, un mistouflon apprivoisé a tant et tant pleuré que ses larmes ont tout englouti : les maisons, les rues, la forge, la mairie et tout le reste...

— ARRÊTE, mistouflon, crient les enfants. Tu vas noyer le village ! Sois sage et dis-nous ce qui ne va pas.

— Mouchez-moi d'abord, s'il vous plaît, dit-il en ravalant ses larmes.

On le moucha dans le grand mouchoir à carreaux rouges avec lequel on lui nettoyait le museau chaque matin. Puis on lui mit un peu d'eau de lavande derrière les cornes.

— Je suis malheureux, hoqueta enfin le mistouflon.

Le mistouflon MALHEUREUX ! On lui avait construit la maison de ses rêves, on le soignait, on le peignait, on le dorlotait, on lui donnait à boire et à manger tout ce qu'il aimait, on lui avait sauvé la vie... et il était malheureux !

— Mistouflon, tu exagères ! Nous faisons tes quatre volontés. Nous t'aimons beaucoup. Que veux-tu de plus ?

— Je me sens seul, dit alors l'animal en faisant trembler sa belle voix.

— Mais nous venons te voir très souvent ! On joue avec toi au terrain. On t'a appris à jouer à saute-mistouflon, aux patins à roulettes, au ballon, à la grignotelle, au poukoufi... Que veux-tu de plus ?

— Je ne suis pas abandonné de vous, bien sûr ! Mais je me languis des miens.

Les enfants étaient bien étonnés. Jusqu'ici ils avaient cru que leur mistouflon était unique au monde. Et voilà qu'ils apprenaient que le mistouflon avait une famille et des copains plein le Luberon !

— Les mistouflons sont très rares, évidemment, reprit l'animal. Seulement, juste le jour où vous m'avez capturé, j'avais fait une connaissance. Du jour où j'ai été dans le village, je n'y ai plus pensé. Et voilà que ça me revient.

— Alors, tu avais fait la connaissance d'un autre mistouflon ? demandèrent les enfants.

— Heu... non... pas exactement, répondit-il en crachant des petits nuages rouges par les naseaux (c'est ainsi que les mistouflons rougissent).

— Mais alors, de qui avais-tu fait la connaissance, si ce n'était pas d'un mistouflon ? ? dit un enfant qui commençait à s'impatienter.

— Eh bien... d'une mistouflette, avoua le mistouflon en baissant la tête.

— AHHHH ! dirent les enfants.

Puis, il se fit un grand silence.

Et on discuta, et pati et coufi... et comme le lendemain était un mercredi, on décida d'aller chercher la mistouflette du mistouflon dans le Luberon.

Mercredi matin…

Il est 8 heures et tout le monde est à l'heure. Les chasseurs sont là avec un filet, un peloton de bonne corde et pas de fusils. Les enfants et le mistouflon marchent en tête. M. Pellas est venu aussi avec son violon : on ne sait jamais, cela pourra attirer la mistouflette.

M. Suquet leur porte vite quatre paquets de cigarettes et Maryse Davin une grande gourde remplie de Picole. Et en avant, marche !

— Attendez, attendez ! On va vous mener en camion un bout de chemin !

Ce sont MM. Davin, Garro, Vial et Spina qui sont là avec camions et camionnettes. Ils sont drôlement gentils. Et puis, ils ont aussi envie d'aller à la recherche de la mistouflette.

Tout le monde embarque dans les véhicules, et on démarre. Il fait beau. On chante gaiement : « Nous irons jusqu'à San Francisco… ! »

— Pas si loin, pas si loin, ça suffit ! crie soudain le mistouflon. On va monter par ce sentier.

M. Garro freine.

BOUM CRAC !

Le camion de M. Vial est rentré dans celui de M. Spina, celui de M. Spina dans celui de M. Davin, et celui de M. Davin dans celui de M. Garro ! Tout le monde est par terre. Les enfants ont des bosses, et les chasseurs, eux, se sont empêtrés dans le filet. Quant au peloton de corde, il a roulé, roulé, roulé dans une petite prairie.

— C'est du joli, crie le mistouflon, énervé. Où avez-vous tous passé votre permis de conduire ? Aux autotamponeuses ?

— Ho ! dit Roger, ça suffit comme ça ! Tu vas te faire souffler dans les bronches !

— Va donc ramasser le peloton de ficelle, dit M. Davin.

Et le mistouflon descend en rechignant.

Il rapporte le peloton tout emmêlé sur ses cornes. Mes amis, quel travail pour rembobiner tout ça !

— Macati de macaton ! dit César, qui est venu avec eux et donne un coup de main.

Les enfants sont ravis. Ils crient :

— On a eu un accident, on a eu un accident ! On ne s'est pas fait mal ! On a bien rigolé !

— Du silence, crie M. Vial. Tout le monde en route ! On va prendre le sentier.

— Suivez-moi, dit le mistouflon.

On gare les camions, et la petite troupe commence à grimper. La montée est rude. Les enfants se piquent les jambes, mais ils n'osent rien dire sinon on risque de les faire attendre dans le camion, et ils voudraient bien assister à la capture de la mistouflette.

Soudain, le mistouflon pousse un grand cri.

— C'est la mistouflette ? crie tout le monde à la fois.

Mais le mistouflon saute en l'air sur ses six pattes, il saute, il sursaute, il frétille de la queue.

— Mais qu'y a-t-il ?

— Une fourmilière, une fourmilière ! crie le mistouflon.

— Et alors ? dit Mme Varlet en s'approchant.

— J'ai horreur des fourmis ! Bouhou, que j'ai peur ! dit-il, pris d'un tremblement nerveux.

— Cet animal est aussi ridicule qu'il est bavard, dit M. Huriot.

— Je n'ai peur que des fourmis, dit le mistouflon. Tout le monde a le droit d'avoir peur de quelque chose.

La marche reprend. Le mistouflon s'est calmé.

— Moi, je n'ai peur de rien, dit un enfant qui marche à côté de l'animal.

Le mistouflon s'arrête.

— Même pas de ce qu'il y a là, derrière le buisson ? lui dit-il.

Tout le monde tourne la tête, et on voit, ON VOIT... deux petits yeux luisants, un groin malicieux, c'est une grosse bête poilue... C'est un SANGLIER.

Ils restent tous pétrifiés.

— Un san... san...

— Un gli... gli...

— Yé... yé... yé, répond le mistouflon en riant. Erreur ! C'est une laie ! Regardez donc de plus près.

En effet, deux jolis marcassins frisottés bien léchés sont en train de téter leur mère. Ils ont l'air de se régaler.

— Que... que... que... que... qu'est-ce qu'on fait ? demande Denise.

— On aurait dû prendre nos fusils, dit un chasseur.

— Heureusement que non ! dit le mistouflon. C'est une amie ! Laissez-moi lui parler en langage de bête, et surtout, ne faites rien pour l'effrayer. C'est Gromeline !

Alors, le mistouflon salue de sa patte gauche Gromeline la laie et lui parle ainsi en langue d'animal :

— Bonjour à toi, Gromeline la belle ! Que tes petits ont grandi ! Et comment va Nasillard, ton époux ?

— Reu... reu... reu ! Salut à toi, mistouflon ! Mon époux se porte bien, je te remercie. Il est là-haut derrière le grand chêne, et a, j'en suis sûre, une furieuse envie de charger ! Que font tous ces humains à mauvaise odeur dans notre Luberon ?

— Paix, Gromeline, ne t'inquiète pas ! Ils n'ont pas de fusil et, foi de mistouflon, ils n'ont pas de mauvaises intentions.

— Et que font-ils donc, s'ils ne chassent pas ?

— Ils m'aident à chercher la mistouflette… L'avez-vous vue ?

— L'autre soir, elle était au bois Criquou. On a causé un brin toutes les deux. Elle m'a donné des saponaires pour me laver les crocs. Ça marche bien, regarde !

Et Gromeline montre au mistouflon des dents étincelantes.

— En effet, tu es bien belle. Je te remercie du renseignement. Mes respects à Nasillard.

— Je n'y manquerai point, répond-elle poliment. Adieu, mistouflon !

Les marcassins se remettent à téter, tandis que la troupe s'éloigne sur la pointe des pieds. Un des chasseurs se retourne et fait semblant de viser avec son bras, en disant : « PAN PAN PAN ! »

— Qu'ils sont donc bêtes ces humains, soupire la laie. Ça n'a que deux pieds, et ça veux faire la loi. Mes enfants, ajoute-t-elle, n'écoutez jamais les hommes !

Et la laie fit la morale à ses petits, qui avaient le hoquet car ils avaient trop bu de lait de laie.

Pendant que les marcassins hoquetaient en écoutant leur mère parler toute seule, le mistouflon et toute sa troupe d'enfants et de grandes personnes s'étaient arrêtés sur un rocher pour souffler.

On croqua quelques morceaux de sucre pour reprendre des forces. Puis, soudain, Mme Varlet fit un bond.

— Regardez, là et là et là !

Et elle leur montra un colias hyalé, puis un souffre, tous deux de toute beauté.

— Un quoi ? Un quoi ? disaient les chasseurs, qui n'avaient rien compris et rien vu.

Mais Mme Varlet était déjà partie en brandissant son filet, car elle avait aperçu un turanana-bâton.

— Allez, en route, dit alors le mistouflon. On repart !

— Et Mme Varlet ? dit César.

— Quelle idée de courir après les papillons ! Elle nous rattrapera, dit un des chasseurs.

La petite troupe se remit en marche. Et tout à coup, juste derrière un bosquet, ils virent...

ILS VIRENT un troupeau de petits mistouflons qui mangeaient tranquillement du romarin...

C'était si beau, tout ce bleu, qu'on ne disait plus rien.

On ouvrait tout grands les yeux et aussi un peu la bouche. Le plus gros, qui devait être le grand-père, demanda en roulant des yeux sévères :

— Que voulez-vous ?

— Mille excuses, dit le mistouflon, nous cherchons la mistouflette. L'avez-vous vue ?

— Non, pas aujourd'hui. Mais… par les cornes de ma grand-mère… c'est TOI ??? Où étais-tu ? Nous te croyions capturé et mort, mon vieux… Viens dans mes bras !

Et les deux mistouflons se caressèrent les cornes en grognant affectueusement.

— Je te promets que je remonterai vous voir tous, un de ces jours, dit le mistouflon au bout d'un petit moment. Mais pour l'instant, il nous faut trouver la mistouflette.

— Va donc voir sur l'autre versant, là-bas, dit le pépé mistouflon en pointant ses cornes.

— On y va tout de suite, répondit le mistouflon.

— Et la prochaine fois, amène-nous donc quelques gibassiers, dit le pépé mistouflon. Adieu ! nous, ce soir, nous allons au cinéma… des étoiles !

Et le troupeau s'ébranla vers les cimes.

Légers de joie, lourds du secret, les enfants continuèrent leur chemin. Un petit garçon disait :

— Tout ce bleu, moi j'ai cru que c'était des lavandes...

Sur l'autre versant, pourtant, point de mistouflette... Le mistouflon appela :

— MISTOUFLETTE ! MISTOUFLETTE !

Mais rien ne répondit que le vent chaud parfumé de thym et le bourdonnement des abeilles.

Enfin, vers 18 heures, on décida d'abandonner la recherche. Comme tout ce petit monde était triste et déçu en descendant ! Le mistouflon poussait de gros soupirs. En bas du sentier que l'on avait pris avec tant de joie, on retrouva les quatre camions et on grimpa dedans sans mot dire. Et on reprit la direction de Lourmarin.

Arrivés devant la poste, une grande clameur les arrêta.

Partout, il y avait des banderoles, des papiers de couleur et un grand écriteau avec écrit dessus :

En voyant cela, le mistouflon se fit expliquer ce qu'il y avait écrit dessus car, bien entendu, il ne savait pas lire.

Quand on le lui eut dit, il fondit en larmes.

C'est alors qu'on entendit César qui disait :

— Mais où est Mme Varlet ? Mme Varlet ?

Hélas ! On avait perdu Mme Varlet dans le Luberon ! Que faire ? Le soleil descendait tout cramoisi, et bientôt, il ferait nuit.

— Il faut repartir la chercher, dit M. Perraud. Les enfants, rentrez chez vous sinon vos parents vont s'inquiéter.

Quelques instants plus tard, les camions repartaient en direction de la combe. Mme Belmonte sortit de son magasin et donna vite au passage une grosse couverture. Mme Varlet serait sûrement gelée...

Le mistouflon voulait venir, mais on lui dit de rester au village. Il rentra dans sa maison en bougonnant. Il aimait bien Mme Varlet et il aurait voulu participer à sa recherche. La petite cloche du village sonna les heures de la soirée les unes après les autres. Puis ce furent les douze coups de minuit qui s'égrenèrent lentement sur le petit village endormi. Pourtant, il y avait de la lumière à bien des fenêtres, et chaque lampe qui brillait voulait dire : pourvu qu'on la retrouve vite !

Chapitre 7

À 1 heure du matin, on entendit les moteurs qui s'approchaient. Et dans la nuit fraîche du printemps qui sentait bon les amandiers en fleur et les iris, tous ceux qui entendirent le bruit sortirent de chez eux.

D'un camion descendit Mme Varlet, souriante, un peu ensommeillée.

— Je m'étais égarée, dit-elle, mais j'ai attrapé mon papillon !

— Elle n'a pas attrapé qu'un papillon, dit M. Vial en descendant de son camion rouge. Il souleva la bâche, et l'on vit…

L'ON VIT...

Couchée sur ses pattes repliées,
le poil frisé lustré,
la barbichette retroussée,
les yeux malins pleins de sommeil
et les cornichettes tournicotées,
la MISTOUFLETTE *!*

— Je l'ai rencontrée, et nous avons bavardé, toutes les deux, dit Mme Varlet.

— Comment avez-vous fait pour la capturer ? lui demanda-t-on.

Alors, la mistouflette sauta avec grâce du camion et dit :

— Cette dame n'a pas eu besoin de me capturer ! Elle aime les animaux, ça se voit tout de suite dans ses yeux. Et quand elle m'a dit « le mistouflon te cherche », j'ai tout de suite accepté de la suivre !

Mme Varlet riait de plaisir. Elle était si heureuse d'avoir amené cette jolie bête !

— Et alors, où est-il, ce mistouflon ? demanda la mistouflette en bâillant.

Le mistouflon, macati de macaton ! Ce gros feignant, fatigué de sa marche dans la montagne, s'était paisiblement endormi. Il n'avait même pas entendu les camions revenir !

On alla chez lui, on le secoua, on le remua, on lui tira les poils de l'estomac.

— Qu'est-ce qu'il y a ? On n'a plus le droit de dormir ? dit-il d'un air très abruti.

— Viens voir, grosse bête, allez, debout !

— Oh ! oh ! grommela l'animal en se levant, y a pas le feu ! J'étais en train de rêver que...

Mais le mistouflon s'arrêta net.

Là, juste devant l'école, dans un rayon de lune, la mistouflette faisait la révérence.

— Je rêve, dit-il.

— Non, mistouflon, c'est bien moi.

— MISTOUFLETTE !

— MISTOUFLON !

Mes amis... Quelle joie ! Ils se léchaient les yeux, le bout du nez, le menton. Ils se disaient

Le Luberon

des secrets à l'oreille, ils se racontaient des merveilles, ils dansaient, ils tournaient, ils sautaient et recommençaient. Jamais, de mémoire de Lourmarinois, on n'avait rien vu d'aussi charmant. Et tout le monde alla se coucher en les enviant.

Ah ! Quel printemps, cette année-là ! Les iris étaient plus beaux que jamais. Les cerisiers et les amandiers étaient comme de gros bouquets de mariée dans la campagne. Et quel parfum ! Le mistouflon et la mistouflette firent de longues promenades printanières.

Ils gambadèrent sous les cerisiers en fleur de chez M. Bourgues.

Ils firent des galipettes dans le verger des abricotiers à la Ferrière.

Ils rendirent visite à Henri Bosco, qui les caressa et leur parla très doucement.

Ils prirent des bains dans l'Aygue brun.

Ils croquèrent du trèfle, du serpolet, du thym, des boutons d'or,

ils croquèrent des mauves,
puis des scabieuses bleues
et des scabieuses blanches
et encore des ombelles
rondes comme des petits soleils.

Et quand ils eurent fini de s'amuser, et de croquer des fleurs sucrées, alors, ils se léchèrent doucement le museau, ce qui pour les mistouflons est un grand signe de tendresse et d'amour.

Quand les gens rencontraient le couple bleu, ils souriaient et disaient :

— Ah ! ces jeunes, ça a la vie belle... !

Ainsi passa le printemps.

Et un beau matin de juin, le mistouflon sortit de bonne heure de sa maison et alla chercher M. Sarnette.

À 9 heures, quand tout le monde fut bien réveillé, M. Sarnette prit son haut-parleur et fit l'annonce suivante :

Le mistouflon et la mistouflette
ont le plaisir de vous annoncer
l'arrivée de Fafolle et de Fafouche,
leurs bébés nouveau-nés.

Comme ils étaient jolis, les deux petits !

Au bout de trois jours, ils ouvrirent leurs yeux et, une semaine après leur naissance, ils se promenaient sur le stade avec leurs parents.

La fin de l'année scolaire approchait, et Mme Perraud voyait venir les vacances et se faisait du souci. Qui penserait à présent à faire de la Picole, à apporter du tabac aux animaux une fois que les classes seraient finies ?

Le dernier jour de classe, lorsque les enfants sortirent de l'école, ils trouvèrent la famille mistouflon devant la porte qui les attendait à l'ombre des tilleuls.

— Mes enfants, dit le mistouflon, il faut que je vous parle !

— J'ai un mauvais pressentiment, dit Mme Varlet, qui passait.

— Mes enfants, reprit le mistouflon, la mistouflette et moi nous partons pour le Luberon avec nos enfants.

— NON ! crièrent les enfants d'une seule voix.

— Mais si... Comprenez-nous : nos petits ont besoin d'apprendre à vivre dans la nature. Il faut qu'ils connaissent les plantes et les fleurs, qu'ils sachent trouver leur chemin avec les étoiles, suivre une piste en humant... Ils ont besoin d'apprendre la vraie vie de la nature. J'ai eu beaucoup de joie à vivre avec vous, mais...

— Et le tabac, et la Picole ? Où en trouveras-tu ? dit M. Perraud.

— Oh ! Ce n'est pas grave ! Autrefois, je vivais de plantes que faisait pousser la terre, et ça me fera plaisir de retrouver la nature.

Il y eut un grand silence consterné.

— Je vous promets de venir vous voir au printemps prochain. Vous verrez comme les petits auront grandi.

— Mais ils pourraient venir à l'école... Mme Didier les accepterait, j'en suis sûre...

— On leur apprendrait le calcul, la grammaire...

— Je ne veux pas vous faire de peine, dit le mistouflon, mais est-ce bien nécessaire d'apprendre tout cela pour vivre heureux ? Pour nous, le Luberon, c'est la plus belle école.

On leur fit beaucoup de baisers, beaucoup de caresses.

On essuya des larmes en cachette.

Et on dit adieu aux animaux qui s'éloignaient sous les platanes.

Au printemps prochain ! se disait-on. Que l'attente sera longue !

Soudain, un enfant cria :

— On est en vacances !

Et ils reprirent tous en chœur :

— LES VACANCES, LES VACANCES !!!

LES

VA

CAN

CES... !

YYEEEEE... PEEEEE !

TABLE DES MATIÈRES

Chapitre 1 7
Chapitre 2 37
Chapitre 3 69
Chapitre 4 81
Chapitre 5 103
Chapitre 6 123
Chapitre 7 141

Castor Poche

Des romans pour les grands

TITRES DÉJÀ PARUS

Un été aux Arpents

ALAN WILDSMITH

« Je leur racontai tout. Le silence, l'immobilité et la sensation de frousse. Comme si quelqu'un ou quelque chose m'avait surveillé. Et puis, après, la cabane, les braises et le feu mourant dans le foyer. »

John, David et Paula sont ravis de quitter la ville pour s'installer aux Arpents, une maison plantée au milieu de la forêt canadienne. Mais à peine sont-ils arrivés qu'ils remarquent des traces de présence humaine sur leur domaine. Une nuit même, un tambour résonne... En secret de leurs parents, les trois enfants décident d'enquêter. Seulement, l'intrus semble prendre un malin plaisir à jouer à cache-cache avec eux... Et s'il était dangereux ?

Castor Poche

L'affaire des hamsters

KATIE DAVIES

« Tom et moi, on n'est pas censés parler des hamsters parce qu'il vaut mieux essayer d'oublier. Mais on n'a pas vraiment exagéré, parce qu'il n'y a rien de plus horrible qu'un massacre. »

Après avoir longtemps tanné leur mère, Tom et Anna adoptent non pas un mais deux hamsters. En plus, l'un d'eux donne bientôt naissance à huit bébés ! Mais horreur ! Le lendemain, les petits gisent dans leur sang, leur mère a une patte en moins, et l'autre hamster a disparu... Qui est le coupable ? La liste des suspects est longue et l'enquête s'avère difficile... L'aide de leur voisine, agent de police à la retraite, leur sera très précieuse pour interroger les témoins et relever des indices.

Castor Poche

Le renard qui cherchait le printemps

HUBERT PAUGAM

Au fond de lui-même, Blanchot se demandait : « Existe-t-il seulement au monde d'autres parents capables de se séparer d'un de leurs enfants ? » Et il pleurait, pleurait.

À cause de sa fourrure blanche trop repérable au milieu du pelage brun de ses frères et sœurs, Blanchot a été abandonné par les siens. Livré à lui-même, le petit renard a beau être débrouillard, il doit continuellement craindre pour sa vie ! Avec Vieux Corbeau, son nouvel ami, il décide de partir à la recherche du pays où règne l'Éternel Printemps. Là, il sera en sécurité. Un périple semé d'embûches attend les deux voyageurs...

Castor Poche

L'île du sommeil

FABRICE COLIN

« En tombant dans le coma, j'étais arrivé ailleurs : Noctance, l'île de mes rêves. Un endroit étrange, plein de dangers et de merveilles. C'est là qu'était ma vie, désormais. C'est là qu'étaient mes amis. »

Après un accident de vélo, Eelian se retrouve dans un monde parallèle, peuplé de créatures extraordinaires : Elemm, le grand cerf, Oloon, l'homme-loup, le Picancroque, avec sa tête de citrouille, et Marvelle, la fée végétale. Tous l'entourent de leur affection, et Eelian en oublie presque ses parents et son grand-père, qui attendent son réveil. Pourtant, Eelian devra bientôt affronter d'effrayants personnages : le pirate Minuit-moins-une et le terrible docteur Mortès...

Castor Poche

La princesse qui détestait les princes charmants

PAUL THIÈS

« – Ah ! là ! là ! se lamentait le roi, si au moins ma petite fille pensait aux carrosses et aux citrouilles comme une princesse normale au lieu de mettre du piment rouge dans mon ragoût. »

Non seulement Clémentine déteste les princes charmants, mais ses talents de farceuse surpassent ceux de son ami, le bouffon Cabriole ! Excédés par ses bêtises, ses parents l'envoient à l'école des Princesses pour lui apprendre les bonnes manières. Pauvre Clémentine ! Elle va devoir supporter la directrice, Cunégonde la redoutable, et ses horribles régimes. Heureusement, Cabriole va l'aider à se sortir de là... et à donner une bonne leçon aux princes charmants !

Le Chat botté et autres contes

CHARLES PERRAULT

« Un meunier ne laissa pour tous biens à ses trois enfants que son moulin, son âne et son chat. Le plus jeune n'eut que le chat. Ce dernier ne pouvait se consoler d'avoir un si pauvre lot. »

La Belle au bois dormant, Le Petit Chaperon rouge, La Barbe bleue, Le Maître chat ou le Chat botté, Les Fées, Cendrillon ou la petite pantoufle de verre, Riquet à la houppe, Le Petit Poucet et *Peau d'Âne*. Les célèbres contes de Charles Perrault instruisent toujours autant qu'ils émerveillent et amusent.

Castor Poche

Mise en page par Meta-systems
59100 Roubaix

Imprimé à Barcelone par:

BLACK PRINT

Dépôt légal : août 2011
N° d'édition : L.01EJEN000548.C002
Loi n° 49-956 du 16 juillet 1949
sur les publications destinées à la jeunesse